외로움엔 타이레놀

외로움엔 타이레놀

이진숙 짧은소설집

도서
출판 북인

늘 쓸 거리를 찾는다.

새벽 수영하는 물속에서,

출근길 운전하는 차 안에서,

저녁 산책길에서,

잠들기 전 침대 위에서도.

그러고 보니 눈 떠 있는 시간은 글을 쓴다.

아니, 이야길 만든다.

조금은 특별하고 친근하며 황당한,

다 우리네 사는 모양새다.

그냥 가벼이 웃어넘기기 좋다.

살짝 찡그려도 좋다.

짧아서 더 좋다!

2024년 가을에

이진숙

Contents

Part 1
나는 AI가 아닙니다

방을 구하냐옹?
외로움엔 타이레놀
우주슈퍼 할배
나는 AI가 아닙니다

방을 구하냐옹?

'투룸, 보증금 없음, 월 10만원'

당근마켓 알림이 떴다. 한눈에 장난 매물로 보였다. 휘는 낚이는 기분으로 목표물을 터치했다. 레알! 집 내부 사진이 뜬다. 15평대, 방 두 개에 거실 겸 주방, 2층 신축이고 단독세대다. 이런 집이 이 가격이라는 게 휘는 믿기지 않았다.

'현재 비워져 있음. 즉시 이사 가능. 단, 고양이 한 마리를 돌봐주는 조건임'

상세 설명 글까지 다 읽은 휘는 고개를 갸우뚱했다. 웬 고양이람? 집주인이 키우는 고양이일까? 마침 고양이를 키우고 싶던 휘는 바싹 구미가 당겼다. 채팅창에 주소를 알려달라고 적어 보냈다. 그러자 집 주소와 '문 열려 있어요' 하는 답이 왔다. 이럴 수가! 그 집은 휘가 있는 곳에서 아주 가까웠다. 매일 지나치던 호수공원 뒤편 하얀색 2층 건물이다. 1층 상가는 늘 셔터가 내려져 있는, 바로 2층이 그 물건이었다.

휘는 당장 매물을 확인하러 달려갔다. 하얀 건물 뒤쪽으로 난 계단을 통해 2층에 올라갔다. 저물녘 석양이 새하얀 건물 벽을 붉게 물들였다. 정말로 현관이 살짝 열려 있었다.

'고양이가 나가면 어쩌려고?'

벌써부터 휘는 고양이를 걱정했다. 현관문을 열고 집안에 들어서니 입주 청소를 마친 것처럼 말끔했다. 집안에선 익숙한 프로럴 향이 반겼다. 넓은 거실 창도, 고급 대리석으로 된 싱크대도 다 마음에 들었다. 냉장고, 에어컨, 세탁기는 기본 옵션이고 안방에 침대와 시스템 행거가 설치되어 있다. 휘는 눈을 휘둥그레 뜨고 집안을 둘러보다가 뒤늦게 고양이를 떠올렸다.

'참, 고양이가 어디 있지?'

휘는 닫힌 작은방으로 조심스럽게 다가갔다. 방문을 열자 거기 고양이가 있었다. 몸 전체가 검정 털로 덮였고, 주둥이와 다소곳이 모은 앙증맞은 발만 새하얀 노르웨이 숲 품종이었다. 놀숲 품종답게 몸집이 컸다. 굵고 풍성한 털이 몸을 더 크게 보이게 했다. 똥그랗게 뜬 푸른 빛 도는 눈이 낯선 이를 경계했다. 고양이 목에는 '하루'라고 적은 네임텍이 매달려 있었다.

"하루, 안녕!"

휘가 웃으며 인사를 건네자 녀석이 큰 눈을 껌벅였다. 며칠 뒤 휘는 하얀 집 2층으로 짐을 옮겼다.

이 집에서 하루 방에 햇볕이 가장 잘 들었다. 방 안쪽에 편백으로 된 하루 집이 자리하고 그 안에 푹신한 쿠션 방석이 놓여 있다. 파스텔톤 대형 화장실 앞에는 럭셔리한 매트가 깔려 있다. 전 주인이 꽤나 정성으로 보살핀 듯했다. 그래놓고 왜 여기에 두고 간 걸까? 무슨 사정인지 궁금증이 치솟았다. 그래도 다행인 것은 주인이 사료와 간식을 때맞춰 보내준다는 거였다. 배변용 모래도 떨어지지 않게 보내왔다. 재미있게도 택배 송장에 보내는 이가 하루로 적혀서 왔다. 휘는 약속대로 이틀에 한 번 하루를 산책시키고 매일매일 하루가 싼 똥을 치우고 털 날린 하루 방을 말끔히 청소했다.

하루는 고양이인데도 산책을 좋아했다. 목과 가슴에 하네스를 두르고 호수공원 한 바퀴를 돌면서 풀잎을 킁킁거리고 풀벌레를 쫓으며 사냥하는 시늉을 했다. 그럴 때는 하루가 참 귀엽고 사랑스럽다. 풍성한 털과 긴 다리, 근육질 몸을 가진 하루를 쳐다보며 산책하던 사람들이 한 마디씩 던졌다.

"우와! 쟤 좀 봐. 너무 멋지다!"

그럴 때면 하루는 말귀를 알아먹는 애처럼 거드름을 피우며 걸었다. 휘도 으쓱해선 산책줄을 바투 쥐고 뒤를 따랐다.

어쩌다 산책을 거르면 하루는 현관문 앞에서 득음할 것처럼 울어댔다. 회사에 일이 많은 날 청소를 하루 걸렀더니 집주인이 귀신같이 알고 문자를 보내왔다.

'오늘 하루 방 청소 잊으셨군요!'

휘는 필시 집안에 감시카메라가 있다고 믿고 집안을 이잡듯 뒤졌다. 물론 허탕이었다. 야근에다 휴일 근무가 있는 날에도 하루 돌보는 일은 지나칠 수가 없었다. 털은 또 얼마나 많이 빠지는지. 날리는 털로 밥을 비벼먹는 기분이었다. 일주일에 한 번씩 하루 목욕도 시켜야 했다. 무슨 고양이가 목욕을 그리 좋아하는지. 휘는 조금씩 지쳐갔다.

처음 하루를 봤을 때 땡그랗고 몽환적이던 푸른 눈동자는 점점 공포로 변해갔다. 분명 집주인이 어디선가 숨어서 지켜보는 것만 같다. 그렇지 않고서야 집안에서 일어나는 둘의 일거수일투족을 어떻게 알고 있단 말인가. 하지만 집안 어디에도 몰카나 홈캠은 안 보였다. 수시로 현관 비밀번호를 바꿔도 봤다. 휘는 자신이 너무 예민한 건 아닌가 하고 스스로 돌아봤다.

며칠 전 목욕 사건은 으스스하던 촉을 확신으로 바꾸기에 충분했다. 그날 휘는 자정이 넘어 집에 도착했다. 몸은 곤죽이고 헛바늘까지 돋아 무너지기 직전이었다. 침대에 엎어져 그대로 자고 싶었다. 젠장, 머리맡 탁상달력에 하루 목욕하는 날이라고 선명하게 적은 글자가 눈에 들어왔다. 하루를 목욕시켜 털을 다 말리려면 적어도 한 시간은 넘게 걸린다. 종일 집에서 먹고 자고 뒹굴었을 하루는 세면장 문 앞에 다소곳이 앉아 기다렸다.

"야, 하루 목욕 안 하면 죽냐? 죽어?"

휘가 참았던 감정을 담아 소리를 지르자 하루는 천진난만한 그 파란 눈으로 휘를 멀뚱멀뚱 쳐다봤다.

"내가 졌다!"

휘는 양손을 치켜들고 세면장 안으로 들어갔다. 목욕 대야에 물을 받던 휘는 꾀가 생겼다.

"오호, 그거야! 고양이세수!"

어릴 적 세수하기 싫어서 얼굴에 물을 찍어 바르던 고양이세수를 떠올렸다. 휘는 하루를 끌어안고 콧등과 볼과 귀, 네 발에 물을 톡톡 찍어 발랐다. 몸통에도 물을 톡톡 바르며 이렇게 말했다.

"오구오구, 우리 하루, 시원하지?"

그렇게 목욕은 5분도 채 걸리지 않았다. 다음날 휘는 눈을 뜨자마자 집주인에게 이런 문자를 받았다.

'하루 목욕 제대로 다시 시켜줘요!'

휘는 값싸고 쾌적한 집을 구하고 싶었지, 고양이 집사가 되려던 게 아니었다. 세상에 공짜는 없다지만 요즘 보면 뭔가 주객이 전도된 느낌이었다. 무엇보다 자신이 감시당한다는 께름칙함이 싫었다. 휘는 결국 하지 말아야 할 짓을 하고 말았다.

휴가를 낸 휘는 집에서 쉬면서 하루와 놀았다. 하루에게 밥을 주고 똥을 치워주고 공놀이도 함께했다. 하루가 좋아하는 목욕도 시켜줬다. 피부 저자극 샴푸로 거품목욕을 시킨 다음 털을 말려주고 정성스레 빗질해주었다. 기분이 좋은지 하루는 늘어지게 잤다. 해가 지고 어두워지자 하네스를 두르고 호수공원을 산책했다. 저녁 산책을 나온 사람들이 많았다. 휘는 산책로를 벗어나 인적이 드문 자작나무숲으로 들어갔다. 하루가 낯선 곳에 가는 걸 주저하자 휘는 목줄을 질질 끌어당겼다. 가로등도 없는 으슥한 곳에서 휘는 하루의 목줄을 고쳐맸다.

"이리 와봐! 목줄이 너무 헐겁잖아."

얼마 후 휘가 자작나무숲을 나올 때는 빈 하네스가 손에 들려 있었다. 하루가 감쪽같이 사라져버렸다. 휘는 하루를 부르며 호수공원을 한 바퀴 돌았다. 어디에도 하루는 안 보였다.

'큰일났어요! 산책하다가 하루를 잃어버렸어요!'

집주인에게 문자를 보냈다. 많이 놀란 걸까. 집주인에게서 답이 오지 않았다.

집으로 오는 동안 휘는 마음이 살짝 무거웠다가 집에 다다랐을 땐 발걸음이 다시 가벼워졌다. 휘는 2층 계단을 단숨에 뛰어올랐다. 현관문을 열고 집안에 들어선 휘는 으악, 소리를 지르며 뒷걸음질치고 만다.

"하, 하루야!"

하루가 현관문 앞에 다소곳이 앉아 있는 게 아닌가! 휘는 그 자리에 한동안 굳어버렸다.

그 일이 있고 집주인에게선 아무런 말이 없었지만 휘는 더 이상 그 집에서 지낼 수가 없었다. 다음날 인근 고시원을 계약했다. 창문도 없는 두 평짜리 방 한 칸이 보증금 500에 월 40만 원이었다. 이삿짐이라고 부르기 민망할 정도로 짐은 단출했다. 옷가지와 생필품을 넣은 큼직한 캐리어 하나와 책 한 박스, 노트북과 소지품이 담긴 백팩을 메고 그 집을 나왔다.

2층 계단을 내려와 큰길에서 택시를 기다리던 휘는 하루에게 사료를 주지 않고 나왔다는 걸 떠올렸다. 언제 또 세입자가 들어올지 모르는 일이다. 걱정이 된 휘는 발길을 돌려 그 집으로 향했다. 사료와 물을 넉넉하게 부어놓고 화장실 모래도 갈아주고 와야겠다고 마음먹었다. 2층 계단을 올라 현관문을 열고 집안에 들어갔다. 하루가 있는 작은방 문을 열자 뭔가가 후다닥 움직였다. 그 물체는 날쌔게 하루 집으로 들어갔다. 구석 테이블 위에 태블릿

이 켜져 있다. 휘가 갸웃거리며 테이블 쪽으로 다가갔다.
태블릿 화면에 당근마켓 앱이 열려 있다. 이 집 내부 사진
과 함께,

  '즉시 이사 가능함. 단, 고양이 한 마리를 돌봐야 하는
조건임'

  여기까지 적어놓고 커서가 올리기 버튼에 멈춰 있다.
휘는 똥그래진 눈으로 편백향 짙은 하루 집을 들여다보았
다. 하루는 집 안쪽 푹신한 방석에 앉아 아주 태연스럽게
검고 풍성한 털을 고르는 중이었다.

외로움엔 타이레놀

"나 많이 외롭다. 너무 외로워서 한쪽 팔이 떨어져 나간 것처럼 아파."

"그렇게나 심해?"

"어, 밤길에 혼자 서 있는 표지판처럼 막막해."

외로움을 많이 타는 B가 힘들다고 자주 호소했다.

"그렇다고 매일 술만 마시면 어떡해!"

"아프다구! 참을 수 없게 아파."

"그렇담, 진통제를 먹어봐."

"몸이 아니라 마음이 아프다니까."

"마음이 아플 때도 진통제가 든대."

5년째 사귀던 여자친구와 헤어진 B는 혼술하는 날이 많았다. 나는 B에게 술보다는 진통제를 먹으라고 조언했다. 몸이나 마음이나 한 가지여서 진통제가 곧잘 든다고 어디선가 들었기에.

심약한 B에 비해 나는 외로움을 덜 타는 편이다. 비록 29년째 모쏠이나 마음 맞는 친구가 여럿이다. 내 친구 1호는 경차 붕붕이다. 3년 전 300만 원 주고 산 붕붕이는 나랑 한몸인 듯 죽이 척척 맞는다.

"붕붕아, 오늘 좀 우울한데 바다 보러 갈래?"

붕붕이는 기꺼이 나를 태우고 가까운 월미도로 달린다. 가는 길에 유튜브 뮤직에 연결하여 내 기분에 맞는 노래를 들려준다. 재미있는 쇼츠도 척척 골라준다. 차 안에서 붕붕이와 많은 이야기를 나눈다. 직장에서 내게 태클 건 인간들을 와작와작 씹어도 뒤탈날까 걱정이 없다. 퇴근해서 집에 들어오면 귀엽고 사랑스런 로봇청소기 뽈뽈이가 거실과 방바닥을 반짝반짝 닦아놓고 기다린다. 바닥 먼지와 머리카락을 말끔히 빨아들이고 물걸레 청소까지 해주는 한마디로 만능이다. '빅스비'도 항시 귀를 쫑긋 세우고 내 목소리를 기다린다.

"빅스비, 날씨 말해줘, 노래도 들려줘, 전화 걸어줄래…"

내 말이 떨어지는 족족 불평 없이 다 들어준다. 가끔 대화도 나눈다.

나는 늘 혼밥이다. 혼밥이 편하다. 입맛 없으면 먹방 유튜브를 보면서 먹는다. 무지막지하게 먹어대는 그들과 경쟁하듯 먹다보면 입맛이 절로 돈다. 저녁을 먹고 나면 넷플릭스와 티빙을 옮겨 다니며 영화와 드라마를 골라본다. 매번 SNS 알고리즘에 깜짝깜짝 놀란다. 친구와 전화로 방어회가 먹고 싶다고 했더니, 인스타와 페북에 방어요리가 좌악 펼쳐지고 방어회 먹방 영상이 내 손가락 터치를 기다린다. 혼자 속으로 생각만 한 것 같은데도 그것들이 즉시 스마트폰 화면에 튀어나와서 순간 소름이 돋을 때도 있다.

잠자리에 들기 전 가볍게 게임 한 판 때린다. 요샌 로스트아크와 롤에 빠져 산다. 얼굴도 모르는 게임 상대와 대화하고 썰을 풀기도 한다. 게임을 하는 동안 시간이 빛의 속도로 가버린다. 내일 출근하려면 눈물을 머금고 잠자리에 든다. 이렇듯 하루하루가 시간 순삭인데 외로움 탈 시간이 어디 있단 말인가. 대체 B는 뭔 외로움 타령인지 모를 일이다.

며칠 뒤 B에게서 연락이 또 왔다.

"니 말대로 진통제를 먹었더니 통증이 줄었어."

"정말?"

"와, 신기방기하다. 이제 좀 살 것 같다니까."

"그렇다고 매일 진통젤 먹는 건 몸에 안 좋지. 뭔가 취미를 가져봐."

"응, 그래서 고양이를 키울까 해."

"노노! 애완동물은 손이 많이 가지. 딴 취미를 가져보는 건 어때?"

"딱히 하고 싶은 게 없어."

"…."

결국 B는 새끼 고양이 한 마리를 입양했다. B의 인스타그램에 새까맣고 똘망똘망한 고양이가 올라왔다. 그날 이후로 '까망콩'이라는 이 녀석이 B의 피드를 점령해버렸다. 다행히 B의 앓는소리는 더 이상 나오지 않았다. 나는 까망콩이 잘 크나 궁금해서 B의 인스타그램을 수시로 들여다보게 되었다. 나처럼 까망콩을 보러온 이들로 B의 인스타가 북적였다. 까망콩이 벌러덩 드러누운 사진에만 수백 개 댓글이 달렸다. 대댓글을 달면서 B는 행복한 비명을 질러댔다. 까망콩에게 간식과 장난감을 보내주는 열성 팬도 생겼다.

"사실은 제가 죽을 듯이 외로워서 까망콩을 입양했어
요."

B의 솔직한 고백에 위로의 댓글이 마구마구 쏟아졌다.
공개적으로 만나자는 대시가 들어오더니 B는 다시 달달
한 연애를 시작했다.

B의 오픈된 일상을 지켜보다 물속처럼 고요하던 내 삶
을 흔들었다. 내 주변 모든 게 하찮게 느껴지기 시작했다.
나랑 한몸이던 중고 깡통 차가 어느 순간 꼴보기 싫어졌
다. 입력된 프로그램대로 안방과 거실을 영혼 없이 돌아
다니는 뽈뽈이가 자꾸 발부리에 걸려 짜증이 난다. 내가
먼저 입을 안 열면 영원히 침묵하는 빅스비도 더 이상 흥
미가 없다. 유튜브 먹방도 시시하다. 남이 먹는 거 쳐다
보는 것처럼 꼴불견은 없다던 엄마 말이 맞는 것 같다. 그
재밌던 게임마저도 시들해졌다.

불현듯 외로움이라는 거대한 파도가 나를 덮쳤다. 29
년간 모쏠인 나라는 놈이 한심하고 가엾고 처량하다. 화
려해 보이고 생기 넘치는 B의 삶에 비교나 당하는 형편없
는 내 꼴이라니. 어제와 오늘과 내일이 똑같은 무미건조
한 일상이 염증으로 다가온다. 이런 내 삶이 무가치하다

느꼈을 때 바늘로 심장을 콕콕 쑤시듯 아팠다. 나는 결국 B에게 전화를 걸었다.

"나도 병에 걸린 거 같아."

"무슨 병?"

"외로움이라는 그 병! 심장이 너무 아파 죽을 것 같아."

"야, 외로움엔 타이레놀이 잘 들어. 네가 알려줬잖아!"

우주슈퍼 할배

"야! 시발아, 니 담배 있나?"

태준이 담벼락에 가래침을 탁 뱉으며 물었다. 나한테
담배가 있을 턱이 있나. 내가 머리를 가로젓자 골초 태준
이 발악을 한다.

"아악! 담배 피우고 싶다고오!"

동네 편의점 세 곳은 모두 철벽이다. 우리 같은 풋내 폴
폴 나는 중딩들이 그 철벽을 뚫는 건 불가능하다. 성일이
형이 군대 가고 나니 담배 구하는 게 힘들어졌다. 태준이
는 오늘도 아버지 담배를 훔치다 걸려서 뒤지게 얻어터지
고 쫓겨났다. 태준이는 중1에 나는 중2에 담배를 피웠다.
우린 학교 짱인 성일이 형한테 담배를 처음 배웠다.

성일이 형은 공부는 안 하고 쌈질만 하며 애들한테 삥

도 뜯는 형이다. 주로 약한 애들 괴롭히는 양아치나 싸움 잘한다고 거들먹거리는 놈을 찾아가서 패주는 형이다. 우리 학교 애들이 다른 학교 애들한테 맞거나 삥을 뜯기면 그놈을 반드시 찾아가서 패주는 의리 있는 형이었다. 한마디로 성일이 형은 우리들의 우상이었다. 형이 있을 땐 담배 뚫는 게 쉬웠다. 형은 고딩 때부터 편의점 알바가 민중 까라는 말 따위는 하지도 않았다. 형 인상이 더럽거나 폭삭 삭았거나 둘 중 하난데, 내가 보기엔 두 개 다 맞는 거 같았다.

"맞다! 거기! 우주슈퍼로 가자."

"우주슈퍼?"

"그 할배 눈이 잘 안 보인다. 니도 알재? 전에 오천 원을 오만 원짜린 줄 알고 잔돈 내줬다 아이가!"

그랬다. 그날 할배가 굽은 손가락을 달달 떨면서 사만 오천 원을 내줄 때 내 심장이 터지는 줄 알았다. 그때 나는 이렇게 말했어야 했다.

'할배, 오만 원이 아니라 오천 원이라예!'

하지만 나는 할배 손에 든 지폐를 잽싸게 받아들고 우주슈퍼를 뛰어나왔다. 그 뒤로는 그 근처에 얼씬도 하지 않았다. 간혹 골목에서 리어카에 폐지를 잔뜩 실은 할배를 만나면 혹 나를 알아볼까 고개를 푹 숙이고 피했다. 할배는 손님이 뜸한 낮에는 슈퍼 문을 닫고 동네를 돌며 폐지나 고물을 주우러 다녔다.

"싫다! 거는 안 갈끼다! 날 알아보면 우짜노!"

"절대로 모른다. 그 할배 눈이 잘 안 보인다고."

"그래도 거는 다시 가기 싫다!"

"시발아, 인자서 할배가 니를 알아보면 우짤낀데? 잔말 말고 따라온나!"

태준이 내게 헤드록을 걸어 우주슈퍼로 끌고 갔다. 나는 도살장에 끌려가는 소처럼 태준을 따라갔다. 초저녁 어스름이어서 슈퍼 할배를 속이기엔 딱이었다.

슈퍼 할배를 골목에서 만나면 3년 전쯤 돌아가신 우리 외할아버지가 떠올랐다. 요양병원에 면회 가면 외할아버지는 엄마는 못 알아보면서 나를 보며 반달눈으로 웃었다. 우주슈퍼 할배도 그랬다. 눈이 잘 안 보인다는 게 믿어지지 않게 눈빛이 반짝거렸다.

우주슈퍼는 우리 동네 오래된 주택가 골목 모퉁이에 자리한 낡은 단층 건물이다. 간판 글씨 획 몇 개가 떨어져 나가 '우수수퍼'만 남았다. 다행히 떨어진 자리에 희멀겋

게 흔적이 남아 우주슈퍼임을 알 수는 있다. 흐릿한 통유리창 너머로 불빛이 보였다. 대낮에도 슈퍼 안은 어두워 항상 불을 켜놓았다.

태준이 슈퍼 안으로 나를 확 밀어넣었다. 출입문 위에 매달아놓은 풍경이 딸랑딸랑 요란한 소리를 냈다. 문이 열려 있는데 계산대는 비어 있다. 슈퍼 입구 계산대에 꾸부정하게 앉아 '어서 오이소!' 하던 할배가 보이지 않았다. 화장실에라도 가신 걸까. 계산대 가까운 판매대에 가지런히 진열된 담배가 눈에 들어왔다. 뒤따라 들어온 태준이 비어 있는 계산대를 보고는 눈빛을 빛낸다. 태준의 눈빛은 담배 판매대로 빠르게 옮겨갔다. 사냥감을 발견한 맹수의 눈빛이었다. 나는 태준에게 안 돼! 하고 눈짓을 보냈다. 굶주린 맹수가 먹잇감을 포기할 리 없다. 내가 말릴 새도 없이 태준이 팔을 뻗어 담배 두 갑을 낚아채 밖으로 뛰쳐나갔다.

나는 본능적으로 슈퍼 안에 CCTV가 있는지 살폈다. 다행히 CCTV 같은 건 보이지 않았다. 이대로 있다가는 내가 담배도둑으로 내몰릴 판이었다. 나도 잽싸게 슈퍼를 빠져나와 골목을 달리기 시작했다. 한참을 달리다 아차, 하는 생각이 들었다. 슈퍼 앞 놀이터에 설치된 CCTV가

떠오른 것이다. 순간 다리가 꼬이면서 비틀대다가 멈춰 서고 말았다.

"하아, 태준이 이 미친 새끼!"

내 입에서 욕이 절로 나왔다. 녀석은 지금 면사무소 뒤편 철거 중인 커피숍 건물에서 훔쳐 간 담배를 빨고 있을 것이다. 나는 주머니에 든 지폐를 꺼내 세어보았다. 먼지까지 탈탈 털어도 사천오백 원뿐이다. 겨우 담배 한 갑 값이다. 한참을 고민하다 발길을 돌려 우주슈퍼로 향했다. 그 사이 해가 져서 사방이 어둑했다. 갑자기 골목에 선 가로등이 파팟! 하고 켜졌다. 가로등 불빛에 주변이 환해지자 세상이 나를 응원한다는 기분이 들었다.

막상 우주슈퍼에 다다라서는 머뭇거렸다. 화가 난 할배가 나를 파출소에 끌고 갈지도 모를 일이다. 그래도 어쩔 수 없다. 나를 보면 반달눈으로 웃어주던 할배가 제발 용서해주기를 바랐다. 그런데 뭔가 좀 이상했다. 아까 태준을 따라 슈퍼를 뛰쳐나오면서 출입문을 닫은 것 같은데 열려 있었다.

나는 열린 문을 닫았다가 다시 열었다를 반복했다. 풍경소리가 쟁그랑 쟁그랑 머리 위에서 떨어지는데 할배는 보이지 않고 계산대는 여전히 비어 있다. 할배는 도대체

어딜 가신 걸까. 설마 담배 도둑맞은 걸 알고 잡으러 나간 건 아니겠지. 나는 쥐고 있던 사천오백 원을 계산대 위에 올려놓고 슈퍼를 나왔다. 부족한 돈은 내일 꼭 가져오겠다고 속으로 외쳤다.

그날 밤, 동네 마트에서 캐셔 알바를 마치고 들어오신 엄마가 나와 동생을 거실로 불렀다. 거실 테이블에는 따끈따끈한 닭강정과 순대볶음이 놓여 있다. 마트 즉석식품 코너에서 팔고 남은 걸 가져와 전자레인지에 돌린 것이다. 동생은 신이 나서 먹어댔지만 난 입맛이 돌지 않았다.

"넌 먹는 게 왜 그래? 많이 좀 먹지."

"속이 안 좋아요."

"저녁에 뭘 먹은 거냐? 만날 태준이랑 싸돌아댕기지 말구 동생 공부 좀 봐줘라."

태준이 얘기가 나오자 억지 입맛조차 달아나버렸다.

"참, 니들 골목 다닐 때는 항상 조심해라. 마트에서 손님한테 들었는데 우주슈퍼 할배가 배달 오토바이에 치여 병원에 실려갔댄다. 저물녘에 할배가 갑자기 골목에서 튀어나와서 친 거래."

저물녘이라면 나와 태준이 우주슈퍼에 갔던 그 무렵이

다. 우리가 슈퍼에 들어갔을 때도, 태준이랑 도망치다가 나 혼자 슈퍼로 돌아왔을 때도 할배는 없었다. 그 사이 사고가 난 거다. 억지로 삼킨 닭강정이 목구멍으로 올라오려고 했다. 나는 슬그머니 자리에서 일어나 내 방으로 들어왔다. 태준이에게 카톡으로 우주슈퍼 할배 사고 소식을 전하자 태준은 읽고 씹었다.

다음날 학교에서 우주슈퍼 할배가 돌아가셨다는 소식을 들었다. 나는 어젯밤 먹은 닭강정에 체한 듯 가슴이 답답하고 엄청 불안했다. 점심시간에 태준이 학교 뒤편 재활용품수거장으로 나를 불러냈다. 어제 훔친 담배를 건넸지만 받지 않았다.

"새꺄, 인상 쫌 피라, 쪼옴! 그냥 오토바이 사고였다고오!"

"만약에 말야. 우리가 담밸 훔친 거 알고 할배가 쫓아오다 오토바이에 치였다면?"

"뭔 개소리고? 그땐 슈퍼에 아무도 없었는데, 그걸 우찌 알끼고? 니 오데 가서 함부로 지껄이면 내한테 죽는다!"

그렇게 큰소리를 쳤지만 태준이도 실제 겁을 먹은 게 분명했다.

얼마 후 우주슈퍼는 문을 닫았다. '우수수퍼' 간판도 내려졌다. 새로 단장한 가게에 '대박! 로또복권방' 간판이 걸렸다. 나와 태준이는 조금씩 사이가 멀어지다가 태준이 학교에서 잘렸다. 나는 엄마가 걱정할 정도로 공부만 했다. 중학교를 졸업할 땐 장학금도 받았다. 장학금 기증자 명단에 우주슈퍼 할배 이름이 보였다. 문득 할배의 반달 웃음이 떠올랐다. 빛나는 졸업장을 받아든 나는 좋은 건지 슬픈 건지 모를 눈물을 뚝, 뚝, 흘렸다.

나는 AI가 아닙니다

모니터 화면 속 붉은 램프가 점멸한다.

"안녕하세요. 고객님, ○○카드입니다. 언제나 고객님의 친절한 동반자가…."

이번 고객은 성질이 급하다. 인사 멘트가 나가는 도중에 버럭 소릴 지른다.

"아, 됐고! 이번 달 요금 말인데, 뭐가 이렇게 많아?"

그러거나 말거나 나는 평정심을 유지한 채 인사 멘트를 끝마치고 다음 멘트를 시작한다.

"편리한 상담을 위해 먼저 고객님의 전화번호를 눌러주세요."

"뭐야! 거기 내 전화번호 뜰 거 아냐? 어?"

당최 말이 통하지 않는 고객이다. 그렇다면 한 번 더 말해줄 수밖에.

"편리한 상담을 위해 먼저 고객님의 전화번호를 눌러주세요."

예상대로 욕설이 터진다. 고객은 당장 전화를 끊을 기세지만 그럴 리 없다. 나와 통화하려고 대기한 시간이 어림잡아 4분은 넘었을 테니까. 그럼 그렇지. 입으로는 욕설을 뱉으면서도 손가락으로 번호를 꾹꾹 누른다. 다음은 주민등록번호를 받을 차례다. 고객은 자포자기했는지 아무 말 없이 번호를 누른다.

"본인 확인이 완료되었습니다. 요금 담당 부서로 연결해 드리겠습니다."

이렇게 한 건 해결하고 나니 다시 램프가 점멸한다.

내가 ○○카드 콜센터에 배치된 지는 한 달 되었다. 아직은 고객 응대가 어설픈 초보 상담원이다. 하루 수백 건씩 쉴 새 없이 울려대는 콜을 쳐내다보면 별별 고객을 다 만난다. 다행히 이곳에 배치되기 전 진상고객 대처법을 훈련받았다. 회사에서는 진상 유형을 10개로 구분하고 각 부류에 맞는 대처법을 마련했다. 수년 간 선배님들이 겪은 숱한 경험담이 모여 진상대처백서가 만들어진 것이다.

진상 중에는 심하게 억지를 부리거나 막말, 욕설하는 부류가 대부분을 차지한다. 가장 심각한 건 여성 상담원에게 성적으로 접근하는 부류다. 저질이고 인간 이하라 하겠다.

"어이, 목소리 예쁜데! 결혼은 했어? 남자 친군 있고?"

이 정도는 뭐 애교 수준이다.

"자기, 가슴 사이즈 어떻게 돼? 딱 보니 얼굴도 예쁠 것 같네."

지금까진 고객이 이런 성적 농담을 해대도 상담원이 먼저 끊을 수 없었다. 수치감이 들어 속이 부글거려도 참아 넘겨야 했다. 고객을 도발해봤자 카드 해지로 이어질 게 뻔했으니까.

최근 새로 만들어진 진상대처법은 다르다.

마침 한 남자 고객의 콜을 받았다. 다짜고짜 신음소리를 내면서 "자기야, 나 뽀뽀!" 이러는데 소름이 확 돋았다. 나는 진상대처백서 한 대목을 펼쳐 판사처럼 근엄하게 읊었다.

"고객님, 상대방에게 성적 수치심이나 혐오감을 일으키는 말을 지속적으로 사용할 경우 성폭력범죄의처벌등에

관한특례범 12조에 해당하며, 2년 이하의 징역 또는 500만 원 이하의 벌금에 처해질 수 있습니다."

당황한 남자가 잠시 버벅거렸다. 그래도 아직까진 우리 사회는 고객이 왕임엔 틀림없나 보다.

"뭐야? 징역? 벌금? 이것들이! 어따대고 협박질이야? 상관 바꿔! 당장 책임자 바꾸라고!"

남자가 방방 뛰며 자기가 일본 무사나 되는 것처럼 내 모가지를 뎅겅 자를 거라고 위협했다. 그럴 땐 가차 없이 전화를 뚝 끊어버리면 된다.

다시 날이 밝고 업무가 시작되었다. 콜센터 모니터가 일제히 켜지고 붉은 램프가 점멸하기 시작한다.

"안녕하세요. 고객님, ○○카드입니다. 언제나 고객님의 친절한 동반자가 되어드리겠습니다."

인사 멘트를 끝까지 다 듣는 걸 보면 온순한 고객이라는 촉이 온다. 천천히 다음 멘트를 내보냈다.

"편리한 상담을 위해 먼저 고객님의 전화번호를 눌러주세요."

앗, 아무런 반응이 없다. 너무 온순하신가. 잠시 기다렸다가 반복 멘트를 보낸다.

"편리한 상담을 위해 먼저 고객님의 전화번호를 눌러주세요."

"이봐요. 거기가 사람이 맞아유?"

이건 또 무슨 도발이람? 순간 나는 당황했다.

"암만혀도 사람이 아닌 거 같은디? 사람 좀 바까줘봐유!"

고객의 엉뚱한 도발에도 나는 정해진 규칙을 따라 진행한다. 일단 고객 전화번호를 받아내야만 다음 관문으로 그를 보내줄 수가 있다. 그렇게 교육받았으니까.

"고객님의 전화번호를 눌러주세요."

그러자 온순하던 고객이 돌변해서 빽 소리를 질렀다.

"머시여! 사람도 아닌 거 같은디 내 번호를 워찌게 갈차주남? 사람인가 아닌가 먼저 확인해야재. 빨랑 사람으루다 바까줘봐유."

전혀 예기치 못한 상황에 어찌할 줄 모르겠다. 이럴 때는 진상대처백서를 열어 방어 멘트를 빠르게 검색한다.

"고객님, 죄송합니다. 다시 한번만 천천히 말씀해주시겠습니까?"

나는 최대한 부드럽고 공손한 버전으로 음성을 변환하여 멘트를 내보냈다.

"와따, 뭐시여? 시방 장난하는겨? 내가 카드를 잃어뿟는디 여그로 전화허라고 혀서 했구먼. 근디 자꾸 딴소리 하믄 워쩐당가? 시간이 없다니께!"

앗, 고객이 화를 냈다. 이럴 땐 진상고객백서로 대처하는 게 맞다. 하지만 이번 고객은 회사에서 분류해놓은 10가지 진상 유형 중 어디에도 속하지 않는 전혀 생소한 진상이었다. 언어가 통하지 않을 때는 어떻게 방어를 하지? 검색하는데 마침내 저쪽에서 속사포가 터졌다.

"이런 시부럴거! 시방 속이 터져죽겄는디, 니는 입 처다 물고 있으면 다여? 이런 염병, 썩을거!"

급기야는 나는 AI 상담원 보호 멘트를 마지막으로 내보내고 말았다.

"고객님, 사실 저는 로봇을 흉내내는 인간이랍니다. 제가 아무리 바보라고 욕은 하지 마세요!"

Part 2
괜찮아, 운명이야

보리가 죽었어
괜찮아, 운명이야
결핍에 대하여
수영장 그녀들

보리가 죽었어

 우리 일행은 점심으로 스시와 알탕 정식을 먹고 사무실 근처 카페로 들어갔다. K팀장과 C와 P와 J, 나 이렇게 다섯이 키오스크에서 음료를 주문하고 햇볕 잘 드는 창가 쪽에 자리를 잡고 앉았다. 평소엔 각자 따로 점심을 먹는데 새해 들어 뭉칠 수밖에 없는 건수가 생겨버렸다. 지난해 우리 팀이 전국종합평가에서 최우수상을 받은 것이다. 상금을 점심값과 찻값에 쓰자고 해서 싫든 좋든 한동안은 뭉쳐 다녀야 했다. 전국 최우수는 팀장이 우리를 지독스레 쥐어짜서 얻은 결과이다.

 만 53세, 미혼, 자칭 상담심리학 박사인 K팀장은 나르시시스트와 소시오패스 성향을 적당히 나눠 가진 상담팀 빌런이다. 그런 사실을 팀장 자신만 모른다.

"그동안 나한테 원망들이 있었겠지만, 결과가 좋으면 다 좋은 거 아니겠어?"

팀장 말에 우리는 영혼 없는 눈웃음을 지으며 맞장구를 쳤다. 숱한 야근과 특근에 시달린 날들이 떠올라 몸서리치면서도 조직에서 살아남는 법을 다들 잘 알고 있었다. 주문한 음료가 나왔을 때 팀장 휴대전화가 요란하게 울렸다.

"뭐? 뭐라고? 보리가 트럭에? 죽었어? 죽었냐고?"

순간 카페 안에 정적이 흘렀다.

"지금 바로 갈게."

팀장 얼굴에 핏기가 사라지고 눈동자가 튀어나올 것처럼 커졌다.

"무슨 일이에요?"

"보리가 차에 치였대. 가봐야겠어."

"혼자 가실 수 있겠어요?"

"괜찮아. 나중에 연락할게."

팀장이 다급히 카페를 나갔다. 카페에 남은 넷은 엉거주춤 서서 저만치 뛰어가는 팀장 뒷모습을 멀뚱멀뚱 바라보았다.

"보리가 누구예요?"

인턴으로 들어와 이제 2개월 된 J가 조심스럽게 물었다.

"어, 팀장님이 키우는 강아지야."

"아…. 강아지구나."

인턴 J는 고개를 푹 숙인 채 아이스 아메리카노를 빨대로 쪽쪽 빨아댔다.

K팀장은 혼자서 줄곧 반려견과 지내고 있다. 내게 소개해준 애들만 네 마리다. 혈통 좋은 포메라니안, 시추, 코커스패니얼이 차례로 무지개다리를 건넜고 남은 하나가 보리다. 믹스 유기견 보리를 3년 전쯤 입양했다고 들었다.

"걔는 완전 주인바라기야. 날 보는 눈에서 꿀이 뚝뚝 떨어진다니까. 하루는 캠으로 지켜봤더니 내가 출근해서 퇴근할 때까지 현관 앞에서 꼼짝 안 하고 앉아 있더라고. 어찌나 마음이 아프던지, 보리를 끌어안고 펑펑 울었어. 그 뒤론 자주 애견호텔에 맡기고 있어."

그 말을 듣다가 하마터면 내 진심을 말할 뻔했다.

'보리를 생각하는 그 반만이라도 우리에게 좀 너그러우시죠!'

K팀장을 굳이 견종에 비한다면 비글에 가깝다. 비글에게는 미안해도 어쩔 수 없다. 활기차고 머리 좋고 사교성

은 제어불가다. 화나면 과도하게 짖고 히스테릭하며 고집이 세다. 넘치는 사냥 본능으로 사방팔방 날뛰는 성질이 팀장과 판박이다.

최근 3년간 팀장 등쌀에 사직서를 쓴 직원이 열 손가락 넘는다. 그 중 한 명은 이 악물고 버티다 원형탈모와 몸 여기지기 원인 모를 멍울이 생겼다. 되사하고 멍울은 사라졌지만 외상후스트레스 장애를 겪고 있다고 들었다. 팀장은 누구 하날 찍으면 집요하게 괴롭혔고 그가 나가떨어질 때까지 괴롭힘을 멈추지 않았다. 다들 팀장의 타깃이 되지 않으려고 납작 몸을 사렸다.

"흑흑, 보리가 죽었어."

저녁 무렵에 팀장이 전화로 보리 사망을 알렸다. 얼마나 울었는지 목이 다 잠겼다.

"아, 불쌍한 보리! 얼마나 상심이 크세요."

팀장에게 먼저 조의를 표했다.

"삼일장으로 치를 예정이야. 내일은 장례식장이랑 장례 절차 알아보고, 모레 화장할 거야."

순간 잘못 들었나 했다. 삼일장이라니, 개를 삼일장 치른다고?

"가족이라고는 나뿐이라 장례식이 너무 쓸쓸할 것 같

아. 혹시 자기들이 와줄 수 있을까?"

"네? 네에, 그럼요. 주말이라 시간되는 팀원이랑 같이 갈게요."

영문을 모르는 C와 P와 J가 자리에서 일제히 나를 응시했다.

인턴 J는 다음달이 결혼식이라 빼주고 C와 P와 나 셋이서 장례식장에 갔다. 팀장이 보내준 '엔젤펫피아'를 내비에 치고 따라가니 도시 근교 반려견 장례식장으로 안내했다. 검정색 조문 복장으로 차려입은 셋은 반려견 장례식은 처음이라며 상주에게 무슨 말을 건네야 하는지, 절은 하는지, 조의금은 얼마가 적당한지 각자 스마트폰으로 검색했다.

반려동물 장례식장이 있다는 것도 이번에 처음 알았다. 추모실에 들어서자 팀장이 퉁퉁 부은 눈으로 우릴 맞았다. 생각보다 추모실이 넓고 쾌적했다. 보리 영정사진이 중앙에 놓였고 그 아래 작은 나무 관에 수의를 입은 보리가 잠자듯 누워 있다.

관 주변에는 보리가 가지고 놀던 공과 장난감, 좋아하던 간식을 놓아두었다. 벽에 설치된 모니터에선 보리 생전 모습을 담은 동영상이 플레이되었다. 흰 국화꽃도 관 앞에 몇 송이 놓여 있다. 장례 절차는 염습, 추모, 입관, 화장, 수골, 분골, 유골함 인계 순으로 진행되었다.

"큰 트럭에 깔려서 몰골이 처참했어. 찢어진 상처 봉합하고 피 묻은 털을 씻고 고른다고 장례지도사님이 애쓰셨어."

사고 당시를 회상하며 팀장은 오열했다. 바늘로 찔러도 피 한 방울 나오지 않을 것 같던 팀장이 반려견 보리의 죽음 앞에서 지금껏 내가 본 가장 인간적인 모습을 보였다. C와 P와 나도 억지 눈물을 찍어내며 슬픔에 동조했다. 장례식은 3시간 가까이 진행되었다.

"유골을 메모리얼스톤으로 제작하고 일부는 수목장하려고 해."

팀장은 우리가 굳이 알고 싶지 않은 것까지도 세세하게 알려주었다. 이럴 때는 그가 딴 사람처럼 보였다. 장례식 마치고 셋이서 모은 조의금 봉투를 팀장에게 내밀었다.

"정말 고마워. 보리도 진심으로 고마워할 거야."

팀장이 기다렸다는 듯 봉투를 받았다.

장례식장을 나왔을 때 점심 때가 한참 지난 시각이었

다. 셋 다 아침을 걸렀고 점심까지 굶어서 허기가 졌다.

"배고파요. 밥부터 먹어요."

P가 미간을 찡그리고 힘없이 말했다. 우린 차를 타고 식당을 찾았다. 도시 외곽이라 식당이 보이지 않았다. C 와 P가 스마트폰으로 인근 식당을 검색했다.

"요 근처에 하나 있는데 하필 브레이크타임이에요."

P가 한숨을 내쉬며 말했다. P는 당이 떨어지면 신경질적이 되었다. 좀 더 가다보니 길가에 초원식당이라는 간판이 보이고 남자 둘이 들어가는 게 보였다.

"저기서라도 간단히 요기하자."

식당 앞에 차를 세우고 들어갔다. 오후 3시경인데 두 테이블에 손님이 있었다. 우리도 자리를 잡고 앉아 두리번거리며 메뉴판을 찾았다. 어디에도 메뉴판이 보이지 않았다. 잠시 후 부스스한 머리에 얼굴 넙데데한 여자가 물병과 물수건을 들고 와 주문을 받았다.

"개? 아니면 닭?"

셋은 무슨 말인지 몰라서 여자를 빤히 쳐다봤다.

"보신탕 먹을라요? 삼계탕을 먹을라요? 여긴 두 가지뿐이니 골라봐요."

놀란 C가 나가자는 눈짓을 했고 배고픈 P는 그냥 삼계탕을 먹자고 했다.

"삼계탕 세 개 주세요."

잠시 뒤 식당 여자가 펄펄 끓는 뚝배기 두 개를 우리 옆 테이블에 가져다놓았다. 마주 앉은 남자 둘이 뚝배기에 다진 마늘과 파와 들깻가루를 듬뿍 넣어 휘휘 저으며 입맛을 다셨다. 누리끼리한 냄새가 뿌연 수증기에 실려 우리 쪽으로 날아왔다. 우리 셋은 각자 스마트폰에 시선을 박고 주문한 삼계탕이 나오길 기다렸다.

괜찮아, 운명이야

수서발 진주행 SRT 안에서 둘이 만났다. 유진이 창 쪽이었다. 유진은 무선 이어폰을 귀에 꽂고 유튜브를 열어 클래식을 들으며 잠을 청했다. 옆자리에 누군가 앉는 기척이 들렸으나 신경쓰지 않았다. 기차가 움직이자 유진은 곧바로 잠이 들었다. 도중에 간간이 깼다가도 다시 잠에 빠졌다.

서울이라는 데가 사람의 기운을 죽죽 빨아먹었다. 십여 년 전 잠시 살았는데도 유진은 서울만 오면 두통에 소화불량, 불안증이 찾아왔다. 친구 결혼식 보려고 첫차를 타고 올라왔다가 어이없게도 늦어버렸다. 지하철을 타야 했는데 빨리 가려고 택시를 탄 게 실수였다. 서울 교통상황은 유진이 사는 지방과는 달랐다. 유진은 신부에게 겨우

눈도장만 찍고 곧장 택시를 불러 수서역으로 달려왔다.

눈을 뜨니 진주역이었다. 유진은 그제야 옆자리에 앉은 이를 곁눈질로 흘금 봤다. 젊은 남자가 귀에 이어폰을 꽂고 눈을 감고 있다. 접이식 테이블을 무릎 위에 내려놓고 시집 한 권을 펼쳐놓았다. 유진도 좋아하는, 지방에서 활동하는 그리 알려지지 않은 시인이 낸 신작이다. 유진은 남자를 한 번 더 쳐다보았다. 콧날이 오뚝 살아 있고 남자치곤 피부가 맑다. 유진은 가방과 겉옷을 챙겨들고 그가 일어나길 기다렸다. 승객들이 기차를 빠져나가느라 소란한데 옆 좌석 남자는 명상하듯 미동도 없었다.

"저기요!" 하고 부르자 그가 눈을 번쩍 떴다. 쌍꺼풀진 큰 눈이 유진을 향했다. 유진은 민망해서 얼른 고개를 돌렸다. 남자가 벌떡 일어나 통로에 비켜서서 유진에게 먼저 나가라고 손짓했다. 유진이 앞서 기차에서 내렸다.

"잠시만요!"

1층 출입구로 난 계단을 총총 내려오는데 뒤에서 유진을 부르는 소리가 들렸다. 돌아보니 옆자리에 앉았던 남자가 한 손에 에어팟 케이스를 들고 있었다. 유진이 기차 좌석에 흘린 거였다. 유진이 다가가 손을 내밀자 그가 손을 쑥 빼며 맞은편 카페를 가리켰다.

"그냥 드릴 순 없죠. 저기서 저랑 차 한 잔만 마셔줄래요?"

유진은 잠시 난처한 표정을 짓다가 순순히 그를 따라 카페에 들어갔다. 남자가 먼저 아이스 아메리카노에 샷을 추가해 주문했다. 유진도 빙긋 웃으며 같은 걸로 주문했다. 커피를 주문하고 둘은 창가 쪽 테이블에 마주 앉았다.

"진주 사세요?"

"네, 조금 외곽에요. 그쪽도 진주?"

"아뇨. 현재는 통영 삽니다."

"현재라면?"

"올해 초에 발령받아 내려왔어요."

진동벨이 울리자 남자가 벌떡 일어나 커피를 받아왔다.

"저도 사계절 내내 아이스 아메리카노에 샷 추가해요."

"와, 저돈데!"

유진의 말에 남자가 과하게 놀란 표정을 지었다.

"기차에서 처음 그쪽 보고는 제 심박수가 마구 상승했거든요. 말을 걸어볼까 했는데 웬걸 쿨쿨 잠만 자는 거예요. 진짜 실망했어요. 근데 마침 이걸 두고 내리더군요. 설마 일부러 흘린 건 아니죠?"

"아니에요. 진짜 몰랐어요."

"흐흐흐, 믿어드리죠."

웃을 때 보이는 남자의 치아가 희고 가지런했다. 얼마큼 얘기를 섞다보니 커피 취향도 그렇고 둘이 닮은 점이 꽤 있었다. 서른 중반이고, 둘 다 비혼주의에, 클래식과 예술영화를 즐긴다는 것도 그렇고, 최근 읽는 시집까지….

"유진 씨는 왜 비혼이죠?"

"제가 일 욕심이 많아요. 일하면서 육아와 가사까지 잘해낼 자신이 없어서요. 그쪽은요?"

"저는 방금 생각이 좀 바뀌었어요. 여태 마음에 드는 상대를 만나지 못해 비혼일 수밖에 없었다는 생각이 들어요. 지금껏 운이 따르지 않았거나…. 마침내 저의 비혼주의가 흔들리기 시작했어요."

그 말을 듣는 유진은 표정 관리가 힘들어서 고개를 숙이고 손가락으로 휴대폰 액정을 터치했다. 남자와 대화하는 동안 어딘지 그가 낯이 익었다. 유진은 근거가 흐릿한 기시감을 전생에서 스친 인연이라고 믿었다. 싫지 않으면서 함부로 들키고 싶진 않은 특별한 느낌이었다. 유진은 사랑에 있어서도 운명론을 신봉했다. 사랑의 감정은 어디선가 날아온 화살처럼 저도 모르는 새 가슴에 박힌다고 믿었다. 유진은 처음으로 마음에 이는 야릇한 파동을 느꼈다.

"제가 나중에 연락드려도 되죠?"

남자가 유진에게 휴대전화를 내밀며 말했다. 그의 휴대전화에 번호를 찍어주는 유진의 귓불이 살짝 붉어졌다. 유진은 남자와 헤어져 주차장으로 걸어갔다. 주차장에 다다른 유진은 그에게 에어팟 케이스를 받지 않은 걸 알았다. 그 사이 남자가 멀리 가지 않았길 바라며 왔던 길을 되돌아 걸어갔다. 마침 주차장과 가까운 역사 귀퉁이 흡연부스에 그 남자가 있었다. 남자는 등을 돌린 채 담배를 피우면서 누군가와 통화 중이었다.

"벌써 공항? 짜식, 부럽다. 신혼여행 잘 다녀와라."

유진은 흡연부스 입구에서 남자가 통화를 끝내기를 기다렸다.

"나야 잘 만났지! 민주 씨가 준 정보 덕에 반쯤 성공한 거 같아. 좌석번호 빠르게 예약해서 옆 좌석에 앉았고, 물론 아아 샷 추가로 주문했지. 근데, 그 생뚱맞은 시집은 구하느라 좀 힘들었어. 당연히 전번 교환했지. 한 잔 살게. 그래그래, 여행 다녀와서 보자고."

유진은 혼란스러웠다. 그에게 정보를 줬다는 민주는 오

늘 결혼한 유진의 친구다. 오늘 만남이 민주와 남자가 짠 각본이었다니. 난생처음 운명처럼 다가온 설렘이 담배연기처럼 흩어지는 걸 느꼈다. 그러면서도 유진은 그에게 들키고 싶지 않았다.

'운명이 아니어도 괜찮아.'

유진은 속으로 외치며 주차장 쪽으로 빠르게 걸었다.

결핍에 대하여

"유미 아버지 돌아가셨대. 지금 내려가고 있어. 조문 마치면 집에서 자고 내일 일찍 올라갈게."

"저런, 결국 돌아가셨구나. 유미 어쩌냐, 위로해주고 와라."

전화를 끊고 그녀는 딸 서우 방에 들어갔다. 늘 비워둔 방이라 말끔하다. 깨끗이 빨아둔 이불을 꺼내 침대에 펼쳤다. 서우는 초등학교와 중학교 시절을 이 방에 보냈고, 고등학교부터는 기숙사가 있는 서울로 올라갔다. 대학 졸업하고 취업한 후에는 한 번씩 내려와서 손님처럼 잠만 자고 간다.

서우와 유미는 초등학교 때부터 단짝이고 지금까지도 잘 지낸다. 유미 아버지는 유통업으로 번창한 사업가였

다. 한창 나이에 췌장암 진단을 받고 투병해오다가 결국
돌아가셨다.

　자정 넘어 1시쯤 서우가 집에 왔다. 검정 정장에 긴 머
리를 뒤로 묶고 지친 얼굴에 눈이 충혈되었다. 유미가 너
무 울어서 같이 울었다고 한다.
　"엄만 절대 아프지 마!"
　서우가 그녀 품에 푸욱 안기면서 어리광섞인 투로 말
한다.
　"별 걱정 다 한다. 얼른 씻고 자라."
　그녀는 서우를 달래 세면장에 밀어넣었다.
　"엄마랑 같이 잘래."
　서우가 젖은 머리를 수건으로 감싸고 그녀 침대로 왔다.
오늘만큼은 실컷 어리광 부릴 테니 다 받아달라는 투다.
침대에 드러누운 서우 젖은 머리를 그녀가 드라이기로 말
려주었다. 서른 살 딸이 그녀 품에서는 여전히 아기다.
　"엄마, 나 장례식장에서 유미 어머니 만났는데 좀 불편
했어."
　"아니, 왜?"
　"6학년 때, 유미 생일에 선물 주려고 걔 집에 갔거든. 근

데 유미 어머니가 유미 집에 없다고 문 앞에서 돌려보냈어. 분명 집안에서 생일파티가 열리고 있었고, 애들 소리도 다 들렸는데 문을 꽝 닫았어."

"유미 어머니가 왜 그랬대?"

"우리가 임대 아파트라서. 유미네는 고급 아파트고 평수도 넓잖아. 그날 초대된 애들도 다 유미랑 같은 아파트에 사는 애들이었어."

"그런 일이 있었구나. 나한테 말하지."

"하루는 유미 집에 갔는데 유미 어머니가 안방으로 유미를 불러서 혼내는 소릴 들었어. 임대 사는 애랑은 놀지 말라고. 우리가 아빠 없는 결손가정이랬어. 그땐 결손이 무슨 뜻인지 몰라서 찾아보니까, 어느 부분이 없거나 잘못되어서 완전하지 못함이라고 나왔어."

서우가 담담하게 말하는데 그녀는 차마 듣기 힘들었다.

"유미 어머니가 날 싫어하는 건 알지만, 유미랑 나는 잘맞아. 어제 유미한테 아버지 돌아가셨다는 말 듣고 가장 먼저 무슨 생각이 들었는 줄 알아? 유미 너도 이제 결손가정이구나, 였어. 내가 참 치사하지?"

"너도 상처를 받았으니까. 그럴 수 있어."

그녀는 딸의 긴 머리카락을 가만가만 쓰다듬었다. 샴푸

향이 은은하게 흘러내렸다.

"참, 유미 어머니도 몸이 아프시다며?"

"갑상선암이래. 올 봄에 수술하셨대."

"유미가 많이 힘들겠다."

"그니까 엄마도….”

말이 뚝 끊겨 내려다보니 그새 잠들었다. 이불 위 축 늘
어진 팔목이 나뭇가지 같다. 저 여린 팔다리로 거친 서울
바닥에서 살아보겠다며 억척스레 뛰어다녔을 걸 생각하
니 그녀 가슴이 미어졌다.

서우가 초등학교 들어간 해에 그녀 남편이 사고로 떠났
다. 다섯 살이던 아들 준우는 큰아들네 살던 시어머니가
데려갔다. 큰아주버님은 준우를 호적에 올리고 이듬해 미
국으로 이민을 갔다. 남편 보상금과 보험금은 준우 양육
비로 쓰겠다며 시어머니가 모두 가져가버렸다.

그녀는 닥치는 대로 일하며 홀로 딸을 키웠다. 그들에
겐 영구임대 아파트조차 과분하다 생각했다. 그런 그녀에
게 딸의 고백은 뒤늦게 날아든 비수로 꽂혔다. 먼저 간 남
편은 또 얼마나 원통할까 싶었다. 생전에 물고 빨던 딸 서
우가 자신의 부재로 결손이라는 낙인을 받은 걸 알면 가

슴을 쥐어뜯을 일이었다.

당시 누군가 그녀더러 한부모가정 지원을 신청해보라고 해서 동사무소에 찾아갔었다. 지금은 좀 느슨해졌는지 몰라도 그때는 지원받는 게 쉽지 않았다. 그녀가 낡은 경차 한 대를 끌고 일을 다녔는데 집에 자동차가 있으면 지원할 수 없다고 했다.

"중고 경차예요! 차가 있어야 일을 하죠." 그녀가 따지니까, 동사무소 직원은 "그건 잘 모르겠고요. 일단은 차량이 등록되어 있으면 안 됩니다" 하며 건조하게 말했다.

하필이면 그날 동사무소 화장실에 들른 그녀가 깜박하고 가방을 두고 왔다. 나중에 알고 달려갔으나 지갑만 쏙 빼 가버린 뒤였다. 신은 왜 나에게만 이렇게 가혹하냐며 돌아오는 길에 그녀는 차 안에서 펑펑 울었다. 그땐 신을 믿지도 않았으면서.

아침 일찍 서우를 깨웠다. 오후에 중요한 회의가 있다며 서우는 아침밥을 먹고 바로 서울로 올라갔다. 서우를 배웅하고 그녀도 외출 준비를 했다. 잘 손질해서 냉동실에 넣어둔 전복으로 죽을 쑤어 보온 도시락통에 담았다. 옷장에서 검정 정장을 꺼내 입고 서우가 알려준 장례식장으로 향했다.

사람들은 너무 쉽게 결손을 말했다. 그녀는 차라리 결핍이라고 말해주길 바랐다. 결손은 어딘지 흠이 있는 것처럼 보이며 상대를 주눅들게 한다.

운전석에서 앉은 그녀 정면에 작은 크리스탈 액자가 보인다. 액자 인 가족사진에 아들 준우기 있다. 큰이주버님네 가족사진이다. 올해 의과대학을 졸업하고 레지던트 과정을 밟고 있는 아들은 자주 그녀에게 안부를 묻는다. 그 옆에는 그녀와 서우가 나란히 찍은 사진이 있다. 그들은 몸만 떨어져 있을 뿐 줄곧 가족이었다. 죽은 남편도 늘 그들과 함께였다.

밤하늘이 자신의 가슴을 별들로 가득 채우지 않듯*, 산과 들, 하늘까지 세상은 온통 결핍투성인 것을, 결핍으로하여 세상이, 삶이 아름다워진다는 것을 그녀는 지독한 결핍을 겪으며 알게 되었다. 결핍이 없는 사람이 어디 있을까. 정도의 차이가 있을 뿐 누구나 결핍자이다. 보조석에 놓은 전복죽을 가만히 만져본다. 따스함이 뭉근하게 손끝에서 가슴으로 전해온다.

*정호승의 시 「결핍에 대하여」에서 인용.

수영장 그녀들

그 작은 마을에, 그것도 내가 보러간 D아파트 바로 옆에 수영장이 있으리라곤 상상도 못했다. 나는 B광역시에서 1년쯤 수영을 배웠다. '접배평자' 네 가지 영법을 습득하고 한창 재미를 붙일 즈음에 군 단위 지자체로 이직을 하게 됐다. 직장 가까운 데로 집을 보러갔다가 근처에 수영장이 있다는 걸 알았다. 무조건 그 집을 계약했다.

이사한 다음날 수영장에 등록하러 갔다. 직장인이라 새벽반이나 저녁반만 가능했다. '이런 한적한 동네에 회원이 얼마나 되겠어.' 아주 가벼운 마음으로 갔다가 대기자 명단을 보고 절망했다. 내가 등록하려는 고급반 대기자만 20여 명이었다. 초급과 중급도 마찬가지고 마스터반이 그나마 한 자리 수였다.

"수영을 얼마나 하셨어요?"

안내 데스크 직원이 나를 위아래로 훑으며 물었다.

"한 1년 정도?"

"여긴요, 고급반이나 마스터반이나 실력 차가 비슷해요. 일단 대기자가 적은 마스터반에 등록하고 조금만 기다리시죠. 젊은 분이라 금방 따라갈 것 같은데요."

안내 직원 말대로 마스터반에 등록하고 기다리기로 했다.

2개월쯤 기다리니 수강이 가능하다는 연락이 왔다. 그것도 톱클래스 마스터반에. 기념으로 수영복을 새로 샀다. 새 수영복이 왔는데 모니터 화면으로 보았을 때보다 색이 밝고 선수용처럼 타이트해서 놀랐다. 해외직구인데다 반품할 정도는 아니어서 그냥 입기로 했다.

수영장 가는 첫날 엄청 설렜다. 새벽 알람소리에 잠에서 깨 새로 산 수영복과 세면도구가 담긴 바구니를 챙겨들고 수영장으로 향했다. 대기인원이 많은 것 치고 탈의실과 샤워장은 한산했다. 내가 너무 일찍 왔나 생각했다. 샤워 마치고 수영복으로 갈아입는데 샤워장 안에서 몇몇의 따가운 시선을 느꼈다. 수영장 안에서도 마찬가지였다.

지은 지 얼마 안 된 수영장 안은 전체적으로 깔끔했다. 25미터 네 개 레인으로 규모가 적당하고 무엇보다 소독내가 많이 나지 않고 물이 깨끗했다. 마음에 착 들었다.

고급반을 건너뛰고 바로 마스터반에 들어가서 바짝 긴장했는데 첫날 해보니 따라갈 만했다. 강습반에 등록하고 기다리는 동안 수영장 2층 헬스장에서 근력운동을 하고 틈틈이 수영강습 유튜브를 보며 이론을 익힌 덕분이었다. 내 수영 실력은 쑥쑥 늘었다. 첨엔 맨 뒤에 섰다가 한 달 새 가운데쯤 옮겨 서게 되었다.

새벽반은 주로 직장인과 새벽잠이 없는 어른들이 많았다. 나를 포함한 직장인 몇을 빼면 아줌마와 할머니 사이쯤인 할줌마들이 대부분이다. 수영 경력은 오래되었으나 체력이 따라주지 않은 그들은 만년 고급반에서 일명 고인물로 머물러 있다. 오래된 경력만큼 수영장 안팎으로 영향력이 드센 터줏대감들이다.

하루는 할줌마 한 분이 내게 오더니, "어이, 새로 왔으면 신고식을 해야지?" 한다.

"신고식이요?"

"떡이랑 음료수 돌리고 인사하는 거 몰라?"

'신고식은 무슨….'

나는 피식 웃고 말았다. 얼마 뒤, 샤워장에서 또 다른 어른이 내 어깨를 툭 쳤다.

"새댁인가? 결혼은 했나?"

"왜 그러세요?"

"내 딸 같아서 그러는데, 거기 수영복이 요란하다고 말들이 많아. 이 동네가 좀 그래. 보수적인 동네라서 너무 튀는 걸 보면 불편해하거든."

이젠 하다하다 수영복 간섭이라니. 이게 바로 말로만 듣던 수영장 텃세구나 싶었다.

하루는 강사와 회식한다는 통보를 당일에 받았다. 그날은 마침 야근이 잡힌 날이었다. 내가 참석을 못한다니까 회식비만 내라고 했다. 참석도 안 하는데 회식비라니? 그냥 내고 말까 고민하다가 처음부터 무르게 보이면 쭉 무시할 것 같아 끝까지 내지 않았다. 그들 단톡방에 끌려들어갔다가 바로 탈퇴하고 초대 거부를 걸어놓았다.

그들에겐 수영장 내 규범이나 규칙 같은 건 무용지물이었다. 세면장 안에서 마사지 금지라는 문구가 잘 보이게 붙어 있는데도 무시했다. 흑설탕과 꿀, 날달걀 등을 섞어

만든 팩을 얼굴과 몸에 덕지덕지 바르질 않나, 시판하는 플레인요거트를 발라댔다. 날달걀과 요플레가 섞인 냄새는 역했다. 여럿이서 그러면 정말이지 참기 힘들었다. 그냥 둬선 안 되겠다 싶어 안내 데스크에 조심스레 제지를 부탁했다. 그때부터 악몽이 시작된 것 같다.

수영하다 발길질에 세게 걷어차였다. 강습하다보면 실수로 한두 번 그럴 순 있다. 자주 그랬다. 아랫배를 정통으로 차였을 땐 한동안 숨이 쉬어지지 않았다. 배영을 할 때였는데 고급반 레인에서 손이 쑥 들어오더니 내 허벅지를 꼬집었다. 손아귀 힘이 얼마나 센지 아파서 비명을 지르며 그 자리에 멈춰 섰다. 그러자 내 뒤에 오던 이들이 줄줄이 멈췄다.

"에잇, 뭐야?" 짜증 섞인 소리와 따가운 시선이 내게 향했다.

"누가 저를 꼬집었다고요." 말하자, 덩치 큰 여자가 눈알을 부라리며 "어쩌다 부딪칠 수도 있지. 별스럽긴?" 더 크게 소리 지르는 거였다. 그거 말고도 일부러 턴을 못하게 출발점에서 벽을 막고 섰거나 오리발을 끼고 빠른 속도로 뒤를 따라다니며 발을 일부러 툭툭 쳐댔다. 샤워장에서도 괴롭힘은 계속되었다. 느닷없이 찬물이 날아오기도, 머리를 감는 사이 내 목욕바구니가 바닥으로 쏟아지기도 했다. 내가 쏘아보면 실수라며 지들끼리 킥킥거렸다.

참다못해 수영강사에게 지금껏 당한 일을 말하고 도움을 요청했다.

"그분들 알고 보면 참 좋은 분들이세요."

기껏 돌아오는 답은 서로 이해하며 잘 지내보라는 거였다. 강사는 일찌감치 터줏대감들에게 구워삶긴 듯 보였다. 하긴 그들이 수영강사 하나쯤 갈아치우는 건 일도 아닐 테니까. 이쯤에서 수영을 그만둬야 하나 고민했다. 그렇다고 순순히 그들이 바라는 대로 해주긴 싫었다. 한 며칠 쉬면서 좀 더 생각해보기로 했다.

여름 휴가에 친구들과 호캉스 가서 입을 수영복을 주문했다. 가슴과 허리 라인이 깊게 파인 은갈치색 광택 나는 수영복이 왔다. 강습용 기준에 벗어나지 않으면서도 최대한 화려하고 자극적인 걸로 골랐다. 호텔 수영장에서 수영복 입은 내 몸매를 본 친구들이 다투어 엄지척을 날렸다. 친구들 칭찬보다 수영장 할줌마들 반응이 궁금해 미칠 지경이었다.

친구들과 여름휴가를 보내고 와서 다시 수영장에 나갔

다. 물론 은갈치 수영복을 챙겨서 말이다. 탈의실에 들어서자 오랜만에 나를 본 그들이 긴장된 눈빛을 교환했다. 강습반을 탈퇴한 줄 알고 좋았다가 실망한 표정이었다. 나는 유유히 세면장에 들어가 샤워를 마치고 수영복을 입었다.

"어머, 뭐야? 망측해라."

뒤에서 수군대는 소리와 탄식이 들렸으나 못 들은 척했다. 수모와 수경을 쓰고 싱크로나이즈드 스위밍 선수처럼 고개를 빳빳이 들고 가슴을 한껏 펴고는 수영장 안으로 걸어갔다. 물 위에 떠 있던 시선들이 내게로 향하는 걸 느꼈다. 나는 구석에 비치된 킥판을 가지러 오가는 동안도 일부러 천천히 걸으며 그들 시선을 즐겼다. 이어 보란 듯이 스타트라인에서 온갖 폼을 잡고 힘껏 다이빙했다. '첨벙' 성공적인 입수였다. 물속을 길게 돌핀킥을 차며 나가다가 물 위에 떠올랐을 때다. 그들이 나를 빙 둘러 에워쌌다.

머리가 죄다 핑크색이었다. 언제 맞췄는지 머리에 똑같은 수모를 썼다. 핑크 수모를 쓴 할줌마들은 영화에 나오는 무슨 범죄자집단 같았다. '우리는 하나'라고 수모에 적은 형광색 문구가 가히 위협적이었다. 그중 대장 격인 할줌마가 천천히 내게 다가오더니 귀에다 속삭였다.

"한 장에 오만 원이야. 자기도 주문해야지?"

비장했던 내 전의가 휘청거리는 순간이었다.

Part 3
두근두근 당근

결혼해 드릴까요?
제가 을질 당했습니다
두근두근 당근
그녀는 예뻤다

결혼해 드릴까요?

마침내 모바일 청첩장이 나왔다. 웨딩사진과 예식장 약
도, 축의금 송금 계좌번호가 꼼꼼하게 담긴 청첩장을 웨
딩업체에서 동식에게 보냈다.

'정동식이 결혼? 이거 실화임?'

'설마 이거 피싱 아니겠지?'

동식에게서 청첩장을 전송받은 친구들이 믿기지 않은
지 장난 섞인 문자를 보내왔다. 친구들뿐 아니라 동식이
자신도 이 결혼이 실감나지 않았다. 한마디로 번갯불에
콩 구워 먹는 결혼이었다.

K군청 7급 공무원 동식은 올해 마흔셋이다. 비혼주의
는 아니고 언제부턴가 결혼에 흥미를 잃었다. 일찍 결혼
한 친구들을 만나면 열이면 열, '결혼은 미친 짓'이라고 고

개를 가로저었다. 자주 소개팅에 나가지만 그때마다 상대가 별로였다. 여자 얼굴이 좀 된다 싶으면 콧대가 높아 떠받들길 바랐다. 요즘 SNS에 뜨는 핫플레이스는 꼭 가봐야 하고 소문난 맛집 탐방도 필수코스였다. 별별 기념일을 다 챙기고 고가 선물에 이벤트까지 피곤했다. 얼마간 그렇게 단물 쪽쪽 빨며 만나다가 결혼 이야길 비치면 재빨리 발을 빼는 얌체녀가 대부분이었다.

계산이 칼 같고 똑 부러져서 계약서부터 작성하자는 깐깐녀도 만나봤다. 결혼하면 집은 공동명의가 필수고, 생활비는 각자 내야 하고, 양가 행사마다 예산은 얼마씩이고, 여행은 한 달에 몇 번 가야 하고, 청소와 설거지, 음식 쓰레기 버리는 요일까지 계약서에 명시하잔다. 그런 게 결혼이라면 안 하는 게 낫다는 게 동식의 지론이다. 계약 내용이 많은 만큼 다툼 거리도 많을 거고 이건 싸우다가 지쳐 나가떨어질 게 뻔하다. 지금처럼 마음 편히 내가 벌이 내기 더 쓰고, 언에는 자유롭게 히는 게 현명하다고 생각했다. 그랬던 그였는데 어쩌다가 모바일 청첩장을 보내는 날이 오고 말았다.

2주 전 동식은 소개팅 앱으로 그녀를 만났다.

지금껏 만난 여자들에 비하면 예쁜 얼굴은 아니었다. 통통하고 키도 작았다. 막상 대화해보니 티키타카가 괜찮았다. 여자는 똑똑하고 쿨했다. 그렇다고 동식이 결혼을 결심할 만큼 흔들린 건 아니었다. 첫 만남에서 여자는 동식의 결혼관을 궁금해했다.

"결혼이요? 뭐, 때가 되면 언젠가는 해야겠죠."

두 번째 만났을 때 여자가 말했다.

"합시다! 결혼! 그동안 뿌린 축의금 받아내야죠."

커피를 마시던 동식이 사레들려 캑캑거렸다.

"식만 올려요. 외곽에 있는 카페 같은 델 잡아 스몰웨딩으로 하면 돼요. 가족끼리 조촐하게 올린다고 주변에 말하고 축의금은 계좌로 받아요. 혼인신고 안 하니 호적 깔끔하죠. 나중에 성격 안 맞아서 헤어졌다고 하세요. 그동안 뿌려놓은 걸 목돈으로 챙기는 기회잖아요. 어때요?"

동식은 목돈이라는 말에 군침이 돌았다. 솔직히 공무원 생활 15년 동안 뿌린 축의금이 만만찮았다. 그걸 다 모았다면 인근에 있는 작은 아파트 한 채는 살 수 있는 금액이다. 친구나 친인척을 제외하고도 사내 게시판에 올라오는 경조사가 한 달에 열 건은 족히 되었다. 결혼과 부모상, 장인장모, 조부모, 외조부모상, 자녀 백일에 돌잔치까지 축하하고 위로해야 할 일이 왜 그리도 많은지. 기본 부조금이 다섯 장이고 좀 가깝다 싶으면 열 장이다. 친구는 그 몇 배가 나간다. 일찍 부모를 여읜 동식은 경조사비로 뿌린 돈을 받아낼 건수가 본인 결혼식과 본인 상뿐이다. 본인 상이라는 말에는 생각지도 않았던 서글픔이 몰려들었다.

"조긴은요? 공짜로 결혼해줄 건 아니잖아요?"

"물론이죠. 30프로 주세요. 축의금의 30이요."

"너무 많은 거 아닌가요?"

"저 아니면 한 푼도 못 받을 거잖아요. 50프로 부르려다가 그쪽 인상이 좋으셔서 낮춘 거예요."

"좋아요. 그럽시다!"

동식은 흔쾌히 응했고 여자는 계약서를 들이밀었다.

결혼 날짜가 정해지고 동식은 바빠졌다. 그간 몰래 사귀는 여자가 있었다고 밑밥을 깔면서 모바일 청첩장을 뿌렸다. 식장과 웨딩촬영은 여자가 준비했다. 동식은 약속한 시각에 나가 메이크업 받고 웨딩사진을 찍었다. 그 와중에도 여자는 비싼 드레스를 입겠다고 작은 실랑이를 벌였다. 사기치면서도 예쁘게 보이고 싶은 게 여자였다. 노총각이 결혼한다니까 주변에서 진심으로 축하해주었다.

그때는 양심이 살짝 저릿저릿했다.

무사히 결혼식을 마쳤다. 둘은 호텔방에서 그날 하루 공연비를 정산했다. 동식이 휴대전화 주소록에 담긴 수백 명에게 모바일 청첩장을 발송하자 얼굴도 이름도 기억나지 않은 이들이 축의금을 척척 송금했다. 친인척들은 돌아가신 부모님 몫이라며 묵은 빚까지 보내주었고, 초중고 동창회와 대학 동문회, 향우회와 동호회에서 수백만 원씩 들어왔다. 매달 꼬박꼬박 회비를 냈을 뿐 그런 회칙이 있다는 것도 몰랐다. 축의금이 무려 1억 가까웠다.

"거봐! 결혼하길 잘했지?"

여자가 슬립 차림으로 침대에 걸터앉아 담배를 피워 물고 와인잔을 들어보였다.

"그렇다고 마냥 좋은 것만은 아냐."

"그러지 마. 자기가 낸 돈 돌려받는 건데 뭐."

동식은 약속한 금액을 여자에게 송금하며 말했다.

"우리 첫날밤까진 치러야 하는 거 아냐?"

"그 조항은 계약서에 없는 걸?"

"지금 바로 추가하면 되지."

동식이 와락 그녀를 끌어안았다.

사람들은 의외로 타인의 삶에 무섭도록 무관심했다. 동

식은 한동안 웨딩사진을 SNS에 올려놓았다가 슬그머니 내렸다. 가끔 동료들이 지나는 말로 '행복해? 잘 살지?' 물으면 그는 '응' 웃었고, 이내 결혼 전처럼 관심을 주지 않았다. 그 여자와는 결혼식 다음 날 호텔을 나와서 헤어졌고 연락이 끊겼다. 가끔 그녀가 생각났지만 자연스럽게 잊혔다.

그 일이 있고 일 년쯤 지난 어느 날 인근 소도시에서 카센터를 하는 친구 명호가 청첩장을 보내왔다.

'짜식, 너도 결국 가는구나!'

명호는 카센터 손님으로 온 신부와 인연이 됐다고 했다. 바쁘면 굳이 오지 않아도 된다고 했으나 불알친구가 늦장가 간다는데 축하는 꼭 해주고 싶었다. 혹시 신부 친구와 자연스러운 만남이 이루어질지 모른다는 엉큼한 기대도 있었다.

결혼식장이 외곽 카페였다. 전염병인 코로나19가 한바탕 휩쓸자 스몰웨딩이 유행처럼 번졌다. 차에서 내려 총총 식장에 들어선 동식은 입구에 세워진 웨딩사진을 보고 걸음을 멈췄다. 신부가 어딘지 낯이 익었다. 동식은 조심스레 신부대기실을 기웃거렸다. 청첩장으로 봤을 땐 짙은 화장에 뽀샵질이 심해서 몰랐는데 실제로 보니 분명 그녀는 구면이었다. 작년 이맘때 동식의 신부였던 그 여자가 시커먼 명호 옆에 생글거리며 서 있었다.

누가 볼까 동식은 재빨리 발길을 돌려 식장을 나왔다. 차에 들어와 운전석에 앉은 동식은 신랑 계좌에 축의금을 송금하면서 중얼거렸다.

'짜아식, 넌 얼마에 계약한 거냐?'

제가 을질 당했습니다

직원 하나가 별안간 퇴사를 해버렸다. 어렵사리 입사했으나 업무가 적성에 안 맞아 힘들어하더니 정년 보장되는 철밥통을 걷어차고 나가버렸다. 갑절로 늘어난 업무에 눈앞이 캄캄해졌다. 빈자리가 생기면 충원해줘야 당연한데 위에서는 난색을 보였다. '당분간 채용계획 없음'이라는 통보가 왔다. 울며 겨자 먹듯 계약직이라도 뽑아달라고 했다. 한 달쯤 지나 마흔 중반 여직원이 사무실에 배정되었다.

"죄송합니다. 제가 컴퓨터를 전혀 할 줄 몰라요. 그래도 괜찮다고 해서…."

놀랍게도 그녀는 계약직이 아닌 공공근로로 채용된 거였다. 오전 9시에 출근해서 오후 4시에 퇴근하고 청소와 간단한 심부름 정도만 하는 조건이었다. 사무실에 머릿수만 하나 더 늘었을 뿐 실무에는 전혀 도움이 안 되는 충원이었다. 황당해하는 내 표정에 그녀가 눈치를 보며 머리를 숙였다. 그녀는 두 아이를 혼자 키우는 딱한 형편이었다. 그런 그녀를 차마 냉정하게 돌려보낼 수 없었다. 사무실 청소와 잔심부름만 도와달라며 받았다.

그녀는 모든 에너지를 청소에만 집중했다. 매일 아침 사무실 바닥을 청소기로 밀고 물걸레질을 했다. 수시로 테이블을 박박 닦고 쓰레기통을 비워댔다. 후각이 예민한지 어디선가 냄새가 난다며 한두 시간마다 창문을 열어 환기를 시켰다. 밖에 눈보라가 몰아쳐도 환기는 거르지 않았다. 사무용품과 휴게실 비품을 줄 맞춰 세우고 조금이라도 흐트러지면 반듯하게 고쳐세웠다. 직원들은 그녀 눈치를 보며 휴게실을 드나들어야 했다. 그녀는 휴지통에 뭔가 담겨 있는 걸 참지 못했다. 매시간 자리를 돌며 휴지통을 비워댔다.

"휴지통은 제가 알아서 비울게요."

몇 번을 말해도 잠시 자리를 비운 사이 휴지통을 털어갔다. 심지어 모든 휴지통마다 비닐봉지를 씌워놓았다.

휴게실 냉장고와 전자레인지 안을 매일 소독하고, 먹다 남은 케이크나 과자는 위생 비닐봉지로 하나하나 싸서 냉장고에 넣어놔야 안심했다. 심지어 냉동실 얼음 트레이에도 비닐봉지를 씌우고 하루 지난 얼음은 다음날이면 모조리 버렸다. 그녀의 결벽증에 직원들이 하나둘 불편을 호소했다.

"영수증을 잘못 버려서 찾는데 그새 휴지통을 비워버려서 난감했어요."

"저분 눈치가 보여서 휴게실에 못 가겠어요. 과자부스러기라도 흘리면 바로 와서 줍고 저를 졸졸 따라다니며 치워대니."

나 역시나 불편한 건 마찬가지였다. 하루는 코 푼 휴지를 휴지통에 버리려다 말끔히 비워진 휴지통을 보자 망설여졌다. 일부러 휴지를 화장실에 들고 가서 버렸다. 이대로 뒀다간 모두가 힘들어질 일이었다. 조용히 그녀를 불러 주곤주곤 일러줬다.

"저기요, 청소를 열심히 해줘서 고마운데, 이제부턴 적당히 좀 해주세요. 전에도 말했지만 개인 휴지통은 직접 비우게 그냥 두세요. 직원들이 불편해해요. 휴게실도 하루에 한 번만 청소해주시고요. 시간이 나면 조용히 책을 읽거나 인터넷 서핑을 하세요."

이 정도 말하면 잘 알아들었거니 했다. 그녀는 고개를 푹 숙이고 잠자코 듣고 있더니 갑자기 울음을 터트렸다.

"아니, 왜 우세요? 제가 심하게 말했나요?"

"저 또 짤리는 거죠? 죄송합니다. 제가 더 잘할게요. 제발 여기서 계속 일하게 해주세요."

그녀가 손을 싹싹 비비며 눈물을 뚝뚝 흘렸다. 누가 보면 내가 그녀에게 갑질하는 꼰대로 보일 상황이었다. 사무실 직원들이 파티션 너머로 목을 빼고 내 쪽을 쳐다봤다. 나는 그녀를 휴게실로 데려가서 티슈를 건네며 달랬다.

그녀는 이전 직장에서 겪은 일들을 꺼내어 내게 하소연했다. 자기는 열심히 하는데도 사람들이 함부로 무시하고 결국 쫓아냈다며 훌쩍거렸다. 양쪽 말을 다 들어보고 판단하는 게 옳으나, 당장은 우는 그녀를 달래야만 했다. 나는 최대한 너그러운 표정을 지으며 그녀 말에 공감해줬다.

"저런, 너무 힘든 일을 겪었군요. 그동안 마음고생이 심했겠어요."

"흑흑, 어디 하소연할 데도 없고 혼자서 너무 속상했어요. 과장님이 제 얘기를 잘 들어주서서 감사하고 힘이 납니다."

"그렇다면 다행이에요. 힘들 땐 언제든 저에게 말하세요. 다 들어드릴게요."

다행히 그녀는 울음을 그치고 안정을 찾았다. 하마터면 직장 내 갑질로 일이 커질 뻔했다며 내심 가슴을 쓸어내렸다. 그닐 이후로 그녀도 조금은 조심하는 듯했다. 고마움의 표시인지 음료나 사탕을 내 책상에 올려놓기도 했다. 나는 그녀의 계약기간이 어서 끝나기만을 바랐다.

어느 새벽이었다. 잠결에 카톡 소리가 들렸다. 이어 아내가 나를 흔들어 깨우더니 휴대폰을 코 앞에 들이대며 소리쳤다.

"이게 뭔데? 설명해봐!"

나는 잠이 덜 깬 눈을 비비며 휴대폰 액정을 봤다.

'저요, 지금 너무 힘들어요. 보고 싶어요.'

이런 카톡이 와있는 게 아닌가.

"뭐야, 누가 이런 걸 보냈어?"

순간 잠이 확 깼다. 아내 손에서 휴대폰을 낚아채 보낸 사람을 확인했다. 맙소사! 사무실 그녀였다. 아내는 숨을 거칠게 내쉬며 나를 추궁했다. 내가 무슨 말을 해도 믿을 것 같지 않았다. 그녀에게 해명을 받으려고 전화를 걸었지만 받지 않았다. 아내와 다투다가 날이 새고 말았다.

일찍 출근해서 그녀를 기다렸다. 그녀는 아무 일도 없다는 듯 편의점에서 산 캔커피를 들고 와 내밀었다.

"잠깐, 저랑 얘기 좀 하시죠."

그녀 코앞에 카톡 화면을 들이밀며 물었다.

"이거 뭡니까? 저한테 왜 이런 걸 보냈죠? 그것도 새벽에!"

"어머! 어젯밤에 제가 술을 좀 마셨어요. 과장님이 힘들 땐 언제든지 말하라고 해서 술김에 보냈나봐요."

"아무리 그래도, 새벽에 이건 아니죠!"

"죄송해요. 제가 미쳤었나봐요."

"어쨌거나 제 아내가 크게 오해했어요. 그쪽이 전화로 해명을 해주셔야겠어요."

"제가요? 싫어요! 그럼, 아내분이 저한테 화내실 거잖아요."

그녀는 뒷걸음치며 자기 자리로 가버렸다. 나는 쫓아가서 그녀 손목을 잡아 휴게실로 데려갔다. 그녀가 질질 끌려오며 소리소리 질렀다.

"과장님, 잘못했어요! 제발 한번만 살려주세요!"

이번만큼은 나도 그냥 참고 넘어갈 수 없었다. 놀란 직원들이 일제히 우릴 바라봤고 옆 사무실에서도 우르르 달려왔다. 누군가는 휴대폰 카메라로 동영상을 찍었다.

"아악! 제발 제발 살려주세요!"

그녀는 더 크게 울부짖었다. 이제 곧 사내 게시판에는 ○○과장 갑질 동영상이 뜰 거고, 나를 비난하는 댓글이 빗발칠 것이다. 누가 뭐래도 이건 분명 내가 을질을 당하는 상황 아닌가! 나는 너무 억울해서 눈물이 나려고 했다.

두근두근 당근

엄마는 오늘도 휴대폰에서 눈을 떼지 못한다.

"또 뭘 사려고?"

"아니, 팔 거야."

나는 목을 길게 빼 엄마가 켜놓은 당근마켓 화면을 스캔했다. 엄마가 화다닥 화면을 가렸으나 그것을 보고 말았다. 작년 어버이날 내가 선물한 실크스카프 사진이었다. 살짝 서운해도 뭐 선물이 마음에 안 들면 어쩔 수 없지, 하고 만다.

요즘 부쩍 엄마가 휴대폰 들여다보는 시간이 많다. 게임을 한다거나 유튜브 영상을 보는 건 아닌 거 같고 누구랑 카톡을 주고받는 것도 아니었다. 수시로 당근, 당근 소리가 들렸다. 중고마켓 알림음이다. 뭘 그리 사고팔 게 많은지 모르겠다. 집안을 둘러보면 눈에 띄게 늘어난 물건은 없다. 그렇다면 집에 있는 물건을 팔아치운다는 건데 엄마에게 중고로 팔 만한 것도 딱히 없다.

엄마는 작년 봄 무릎에 인공 관절을 끼우는 수술을 받았다. 관절이 다 닳아 통증을 호소했고 인공 관절치환술이 최선책이라는 진단이 나왔다.

"칠십 년 넘게 오지게 써먹었으니 갈아끼울 때도 됐재. 오메! 내 발등 좀 보소. 스무 살 때처럼 고와졌네!"

수술 후 퉁퉁 부은 다리를 보며 엄마가 농담을 했다. 마취 풀리기 전이어서 그런 농담이 나왔지, 마취 풀리자 엄마는 아이구, 아이구…. 곡을 해댔다. 딸 셋이 다 직장에 다녀서 입원한 한 달간 간병인을 붙여드렸다. 엄마에게 처음 당근마켓 앱을 깔아준 이도 그 간병인이다. 퇴원하면서 엄마는 의료용 지팡이와 목욕의자를 중고로 싸게 샀다며 좋아했다. 심지어는 환자용 기저귀도 당근마켓에서 샀다고 했다.

"남이 쓰던 기저귀는 사지 말자. 쫌! 아낄 게 따로 있지."

엄마 집 현관 앞에 배송된 기저귀 박스를 보고 소리를 빽 질렀다. 일주일쯤 지나 집에 가보니 기저귀 박스가 보이지 않았다. 그 많은 걸 그새 다 썼을 리는 없고 해서 어디 뒀는지 물으니 당근에 되팔았다고 했다.

'당근, 당근, 당근….'

수시로 울리는 당근 알림음에 엄마를 째려봤다. 엄마는 내 눈치를 보며 소리를 줄였다. 마트 반찬코너에서 사온 밑반찬과 국을 밀폐용기와 냄비에 옮겨 담았다. 햇반도 넉넉히 사다가 주방 수납장에 쟁였다. 무릎 수술하고 달포쯤 되니 엄마 혼자서 움직일 수 있을 만큼 회복했다. 내가 엄마와 젤 가까이 살아 사나흘에 한 번씩 반찬을 사다 드린다. 입이 까탈스러운 엄마는 마트에서 사온 반찬 중 반은 버린다. 그러거나 말거나 나는 의무감처럼 꾸역꾸역 반찬을 사다 채워넣는다.

"설마, 이 반찬도 당근에 내다 파는 건 아니겠지?"

"누가 그런 걸 사먹냐! 그냥 준다면 몰라도…."

엄마가 휴대폰에 고개를 묻은 채 말끝을 흐렸다. 엄마는 남향인 앞 베란다에 바짝 의자를 끌어다놓고 앉아서 햇볕바라기하는 중이었다. 엄마 나이도 일흔을 넘어섰다. 무릎 수술하기 전엔 몰랐는데 이제 보니 폭삭 늙었다. 황소처럼 드세고 억척스러워 세월마저 이겨먹을 것 같던 엄마였다. 두어 달 염색 안 한 머리카락은 희고 검은 경계가 또렷했다.

"엄마, 주말에 나랑 미용실 가자."

"으응."

엄마는 휴대폰을 보며 건성으로 대답한다. 그런 엄마를 두고 집을 나왔다.

주말에 갑작스레 손님이 오는 바람에 엄마와 미용실 가려던 계획에 차질이 생겼다. 언니네는 제주도 가족여행 갔고 막내도 연수가 있어 대전이라고 했다. 미용실 예약을 한 주 뒤로 미뤘다고 엄마에게 알렸다. 엄마는 예상했다는 듯 심드렁하게 대답했다. 그날 저녁 손님이 사온 딸기를 보자 딸기 좋아하는 엄마가 생각났다.

시간도 늦고 피곤했으나 딸기를 담아들고 엄마 집으로 갔다. 엄마 집에 닿았을 때였다. 이사하는 집처럼 현관 앞에 물건이 줄줄이 나와 있다. 못 보던 손재봉틀과 미니 에어프라이어도 보이고 퇴원할 때 싸게 산 의료용 지팡이도 보였다. 고개를 갸웃거리며 초인종을 눌렀다.

"어서 오세요! 고데기 가지러 오셨죠?"

엄마가 기다렸다는 듯 현관문을 활짝 열어 반겼다. 문 앞에서 나와 눈이 마주치자 엄마는 놀라 눈이 커진다.

"이 시간에 니가 웬일이냐?"

"엄만 이 시간에 뭐해? 누굴 기다렸어?"

둘 다 말문이 막혀 서로를 바라보았다.

"밖에 저 물건들은 뭐야?"

"어, 중고로 산 거다. 팔려고 내놓은 거도 있고….."

"왜 자꾸 중고야! 필요한 게 있으면 나한테 말하지."

엄마는 재빨리 딸기를 받아들고는 '바로 갈 거지?' 이런 눈빛을 보냈다. 엄마 눈빛에 등 떠밀려 집으로 왔다.

침대에 누웠으나 잠이 오지 않았다. 엄마가 뭘 그렇게 사고파는지 궁금증이 솟구쳤다. 결국 내 휴대폰에 당근앱을 깔았다. 앱을 열고 판매글을 주욱 훑어 내리다가 눈에 익은 실크스카프 사진을 터치했다. 판매자 닉네임이 둥이맘이다.

둥이는 엄마가 13년 키우다가 무지개다리를 건네준 시츄다. 엄마는 둥이를 떠나보내고 한동안 우울증으로 힘들어했다. 마흔 중반에 아버지를 떠나보내고 오래 적적했을 엄마를 떠올리니 새삼 가여운 마음이 들었다. 늦은 밤 감상에 젖어서였을까 엄마가 느꼈을 쓸쓸함이 방안 가득 들어찬 어둠과 손잡고 나를 먹먹하게 했다.

둥이맘의 판매 물품 목록을 열어보고 놀랐다. 판매 건

수가 무려 100건이 넘었다. 그동안 우리가 사준 옷이며 모자와 가방이 대부분이었다. 햄, 참치캔, 식용유 같은 명절 선물세트도 보이고 처음 보는 그릇과 찻잔도 보였다. 심지어는 중고물품을 사서 되판 것도 많았다.

'아니 왜에? 설마, 엄마가 치매?'

나는 반사적으로 몸을 벌떡 일으켰다. 판매 후기는 더 가관이었다. 칭찬 일색이고 도통 내 엄마로 느껴지지 않는 낯선 내용들뿐이었다.

'둥이맘님, 무지 친절하고 멋쟁이세요!'

'쿨거래 넘 좋았어요. 예쁜 그릇도 선물로 주셔서 기쁩니다.'

'차도 대접받고 대화 친구 해주어서 감사해요. 또 만나요.'

'미싱 사용법을 친절하게 가르쳐주시고 네고까지, 완전 득템했어요.'

끝도 없이 이어지는 후기를 읽는데 가슴께 어딘가가 콕콕 찌르며 아팠다. 엄마가 얼마나 외로웠으면 저런 신원불상 불특정다수 사람들과 소통하며 지내왔을까 속상했다.

나는 둥이맘이 올린 스카프 판매글에 쪽지를 보냈다.

'스카프가 넘 예뻐요. 제가 사고 싶어요.'

기다리고 있었다는 듯 둥이맘에게서 답이 왔다.

'딸이 사줬는데 나랑은 안 어울려서 내놓아요. 울 딸이 백화점서 샀대요.'

'맘에 안 드시면 따님한테 다른 걸로 교환해달라고 하지 그랬어요?'

'울 딸이 항시 바빠요. 학교 선생인데, 애릴 때부터 공부도 잘하고 젤로 순하고 착해요.'

지금껏 엄마에게 들어본 적 없는 칭찬이어서 잠깐 얼떨떨했다. 그래도 기분 나쁘진 않았다. 그렇게 몇 차례 쪽지를 주고받았다.

'스카프 말고도 내놓은 물건이 많네요.'

'필요한 거 있으면 골라봐요. 내 딸 같아서 그냥도 줄게요.'

'에이, 그냥 어떻게 받나요?'

'사실 저런 거 팔아 몇 푼이나 받겠어요. 몸은 자꾸 아프재, 사는 게 하도 재미가 없어 말동무라도 하려고 이런다오. 그쪽은 나랑 말도 잘 통하고 좋은 사람 같네요. 여기서 좋은 사람을 만나면 심장이 두근두근하다오. 그쪽이

그래요.'

갑자기 눈물이 핑 돌며 하마터면 이렇게 적을 뻔했다.

'미안해 엄마….'

그녀는 예뻤다

창밖 네온사인이 빠르게 점멸한다. 빨강, 파랑, 노랑 빛이 교차하면서 시선을 사로잡는다. 신은 회의실 창가에 등을 대고 서서 방금 브리핑한 서류를 만지작거렸다. 중국 진출을 겨냥한 홍보팀 전략을 발표하고 임원진 반응을 기다리는 중이다. 근 보름 동안 날밤을 새워가며 시장조사와 회의 끝에 작성한 프로젝트다.

밖은 한파주의보가 내려졌다는데 실크블라우스가 땀으로 범벅되었다. 젖은 블라우스 천이 겨드랑이 속살에 닿을 때마다 쇠꼬챙이 같은 찬기에 소스라쳤다. 게다가 코르셋이 아랫배를 조여서 거의 실신 직전이었다. 뱃속에 차오른 가스가 역류해서 목구멍으로 조금씩 새어나오는 듯했다. 이윽고 부사장이 짧고 굵은 목에 잔뜩 힘을 주며 결과를 발표한다.

"좋아요! 이대로 추진합시다."

숨죽이고 있던 홍보팀이 손뼉을 치며 환호성을 질렀다.

"신 대리 수고했어!"

신이 브리핑하는 동안 그 옆에서 눈사람처럼 창백하던 팀장 얼굴이 해사해지며 두 팔을 치켜들고는 와락 안을 태세다.

"출장팀부터 구성해야죠!"

신은 팀장의 과한 제스처를 외면하고 회의실을 뛰쳐나왔다. 화장실로 달려가 아랫도리를 고문하던 코르셋을 뜯어냈다. 묶였던 뱃살이 안도하며 출렁거렸다. 벽에 걸린 핸드타올을 뜯어내 겨드랑이에 고인 땀을 훔쳤다. 축축한 겨드랑이를 핸드드라이어에 갖다대고 뜨거운 바람을 쐬며 암내를 부러 킁킁거려봤다. 망할 놈의 코르셋! 구두코에 걸린 코르셋을 집어들어 쓰레기통에 넣어버렸다.

"신 대리, 설마 그 차림으로 브리핑할 건 아니겠재?"

어제 퇴근 직전이었다. 브리핑 내용을 마지막으로 검토하는 신에게 팀장이 다가와서는 어깨에 손을 툭 얹었다. 입사 7년에 유니폼이 돼버린 물 빠진 청바지와 구겨지고 늘어진 체크남방을 위아래로 훑는 부장 눈빛이 몹시 불편하다.

"맘에 안 들면 딴 사람 시키든가요."

"어허! 우리 팀에 신 대리만 한 인재가 있나? 내가 이렇게 싹싹 빌게. 내일만큼은 제발 비주얼에도 신경써주라."

팀장은 넙데데한 얼굴을 신의 코 앞에 들이대며 눈을 끔벅거렸다. 신은 헛웃음이 났다. 퉁퉁 부푼 풀빵 몸매가 팀장이 싹싹 빈다고 당장에 달라지는가 말이다.

처음부터 신이 이런 모양새로 입사한 건 아니었다. 7년 전 신은 대학을 갓 졸업한 풋내 풀풀 풍기는 그야말로 상큼 발랄의 아이콘이었다. 정수기업계 국내 최고를 자랑하는 이 회사 홍보팀에 단번에 합격했을 때만 해도 그녀는 충분히 예뻤다. 그랬던 신이 결혼하고 급속하게 변했다. 유독 변화가 빨랐던 건 과중한 업무도 한몫했다. 홍보팀은 출퇴근 시간이 따로 정해져 있지 않았다.

홍보팀 직원 다섯 중 넷이 남직원인데 하나같이 무능했다. 그들은 공채라는 타이틀이 무색하리만치 전공이며 성향이 실무와는 관련이 멀었다. 팀장만 해도 유학파라는 경력을 대단한 훈장처럼 자랑하며 업무에 대한 열정보다는 빛나는 인맥을 드러내기에 더 열을 올렸다. 홍보실의 크고 작은 업무는 신의 몫이었다. 야근과 특근이 줄을 잇고 식사는 불규칙했다. 오직 생존을 위해 허겁지겁 쑤셔 넣다보니 결국엔 이 모양 이 꼴이 되고 말았다.

신은 퇴근해서 옷장부터 뒤졌다. 입을 만한 정장 한 벌을 찾아냈지만 예상했던 대로 몸에 꽉 끼었다. 아랫배와 엉덩이에 불어난 살집이 치마 솔기를 압박해서 볼썽사나웠다. 최후의 수단을 쓰는 수밖에 없었다. 탄력성 좋은 코르셋으로 넘쳐나는 살을 제압했다. 신의 눈물겨운 노력에 브리핑은 대성공이었다.

당장 중국 현지에 갈 팀을 꾸려야 한다. 파견팀을 구성하는 게 급선무였다. 이번 프로젝트를 기획하고 이끌어온 신이 빠질 수 없다. 중국 출장은 최소 3개월이다. 신은 남편 반응이 어떨지 궁금했다. 여자라도 능력 있으면 얼마든지 사회생활을 해야 한다는 게 평소 남편의 지론이었다. 때마침 남편에게서 전화가 왔다.

"어땠어? 브리핑 잘했지?"

"어, 근데 어쩌지? 3개월 정도 중국에 가얄 것 같애."

"우리 여보 진짜 진짜 대단해! 당신이 빠지면 안 되지. 걱정마. 내가 팍팍 밀어준다니까!"

이걸 고맙다고 해야 하나, 얄밉다고 해야 하나. 사법고시를 준비하던 남편은 연거푸 낙방하다가 작년에 공무원 시험에 겨우 합격했다. 서른 중반에 말단공무원인 남편은 대기업에서 잘나가는 아내를 틈만 나면 밀어준단다. 이제 세 살짜리 딸도 시어머니가 키워준단다. 안팎으로 모두가 그녀를 밀어준다고 난리다. 정작 그녀는 제발 좀 쉬고 싶은데 말이다.

전화를 끊고 거울을 보았다. 갑자기 그녀 정수리가 간지럽다. 간지럽다기보다 작은 새가 부리로 콕콕 쪼는 것처럼 따끔거린다. 손가락으로 정수리를 만지작거리자 딱지 같기도 한 오돌오돌한 뭔가가 만져진다. 언제 여기 상처가 났지? 손톱으로 딱지를 톡톡 긁다가 똑 떼어냈다.

돌연 눈앞이 몽롱해졌다. 안개 같은 게 뿌옇게 앞을 가리며 나른함이 몰려들었다. 수 초간 정신을 잃었다가 이내 돌아왔다. 선잠에서 깬 것처럼 온몸이 깨나른하다. 입을 가리고 하품을 하는데 언제 왔는지 그녀 앞에 낯익은 여자가 서 있다. 그 여자도 신을 따라 하품을 한다. 신은 입을 가렸던 손을 슬그머니 내렸다. 여자도 따라 내린다. 그러고 보니 여자는 신 대리, 바로 그녀였다.

거울 속 여자는 눈이 부시게 예뻤다. 흑갈색 웨이브진

머리칼이 어깨까지 내려오고 실크셔츠가 좁은 어깨와 육감적인 가슴을 감싸고 광택 도는 짧은 스커트가 잘록한 허리 아래로 맞춘 듯 끼워져 있다. 군살 없는 골반과 쭉쭉 뻗은 다리는 회사에서 가장 잘빠졌다는 비서실 미스 최보다 매끈했다. 거울 속 그녀와 눈빛을 마주한 신에게 그녀가 먼저 한쪽 눈을 찡긋거렸다.

그녀는 화장실을 나와 사무실로 향했다. 복도에서 마주치는 사원들이 다투어 그녀에게 눈인사한다.

"신 대리, 어딜 갔었어? 부사장님이 계속 찾으시잖아."

"부사장님이 왜요?"

"왜긴, 이번 프로젝트에 기대가 크신 거지. 어서 가봐."

부사장실 문을 열고 들어서자 의자 깊숙이 몸을 묻고 앉아 있던 부사장이 반사적을 허리를 곧추세운다. 부사장 눈빛이 빠르게 그녀 몸을 스캔하더니 이리 가까이 오라고 손짓을 한다. 신은 그의 끈적한 눈빛을 경계하며 한 발짝씩 걸음을 옮겼다. 이 회사 오너는 지금 병중이라 부사장이 실세나 다름없다. 부사장 눈알은 신의 실크셔츠 앞단추에 멈췄고, 순간 꾸울꺽하고 목젖이 한 바퀴 구르듯 움직였다.

"신 대리, 오늘 브리핑 정말 멋졌어! 중국 출장팀에 신 대리도 합류하나?"

"네, 제가 통역도 맡아야 해서요."

"오우! 미모와 지성을 겸비한 우리 신 대리! 이거, 아주 보배야, 보배!"

그의 느끼한 손이 어깨를 툭툭 치더니 등과 허리를 스윽 더듬었다. 신은 움찔 물러서서 재빨리 인사하고 부사장실을 나왔다.

"신 대리, 이런 날 우리끼리 축하주 한 잔 해야잖아?"

이번엔 홍보실 남자들이 신에게 집적거렸다.

"저는 제발 빼주세요. 지난 주부터 내내 야근이었어요. 이러다간 저 집에서 쫓겨납니다요."

"어허! 누가 감히 신 대리를 내쫓아? 신 대리 쫓겨나길 기다리는 남자들 줄 섰다고 해!"

그녀는 팀장과 직원들이 애걸복걸 붙잡는 걸 단칼에 뿌리치고 집으로 향했다. 집 현관에 들어서자 뜬금없이 남편이 태클을 건다.

"여보야, 아무래도 중국 출장은 안 되겠어. 가지 마라."

"당신, 이제 와서 왜 그래?"

"내가 불안해서 보낼 수가 없다고! 거울 함 보라구. 누가 당신더러 유부녀라고 하겠어?"

"언젠 팍팍 밀어준다며? 그러다 나 회사 짤리면?"

"걱정 안 해. 당신은 유능하니까 얼마든지 딴 데 들어갈 수 있어."

남편이 눈알을 희번덕거리며 그녀를 번쩍 들어 침대로 내던졌다.

다음날 출근하자 사내 게시판에 인사 발령 공고가 붙었다. 신 대리도 명단에 들어 있다. 난데없이 부사장실 비서실장으로 승진 발령이다.

"뭐야? 그 여자 몸으로 로비한 거였어?"

"어쩐지, 요즘 부사장실에 자주 들락거리던데, 그런 거였네!"

"여자들은 조오켰네! 뭐니뭐니해도 몸뚱이가 최고 능력이야!"

신에게 들으라며 대놓고 투덜거린다. 사무실 분위기는 더 싸했다.

"어이쿠! 신 대리, 아니지. 신 실장님! 영전을 감축드립니다요."

"그럼 이번 프로젝트에서 제가 빠지는 거예요?"

"이봐요! 신 대리, 승진했으면 이제 우리 팀이랑 상관없잖아. 어젯밤 회식 째고 도망갈 때 눈치 긁었어야 했어."

어제까지만 해도 그녀를 치켜세우던 팀장마저 눈빛이 싸늘하다. 프로젝트 관련 파일을 어서 내놓으라고 채근했다. 그녀는 지금 이런 상황이 어이없어 말조차 나오질 않았다. 수 년간 공들여 쌓은 탑이 물거품 되는 기분이었다. 억울함에 눈물이 차올랐다.

신은 입술을 깨물고 화장실로 뛰어들었다. 한참을 울다가 거울을 본다. 거울에 비친 그녀도 울고 있다. 문득 거울 속 그녀가 낯설게 느껴진다.

그때였다. 다시 정수리가 간지럽다. 아니, 콕콕 쪼아댄다. 정수리에 손을 대자 그때처럼 오돌토돌한 딱지가 잡힌다. 신은 거울 속 예쁜 그녀를 물끄러미 응시한다. 그리곤 눈을 꾹 감고 딱지를 똑 떼어낸다.

Part 4
어쩌다 유령작가

어쩌다 유령작가

웬일로 친구 P가 전화를 했다. 내년에 시의원 출마하는 이가 자서전을 출간하는데 대필작가를 구한단다. 정치인이 자서전을 내면서 정치입문을 알리는 게 흔한 통과의례라고 들었다.

"K선배 알지? 그 선배가 자서전을 대필하다가 문제가 생겼거든."

K선배라는 말에 나는 잠시 침묵했다. 그녀를 잘 알진 못해도 P를 통해 들은 게 있어서다. 술 담배가 과하고 술에 취하면 미친개가 된다고 들었다. P의 말을 그대로 인용하자면 지랄맞은 성질머리로 주변에 죄다 손절당한 불쌍한 인간이었다.

"요샌 전처럼 막 나가진 않아. 딸이 곧 결혼한다더라.

나이 먹고 이젠 철도 들을 때지."

P는 애써 K선배를 두둔했다. P는 본론으로 돌아와 대필작가를 해달라고 간곡히 부탁했다.

"너밖에 없어. 너무 촉박하다고!"

지방선거가 내년 4월이라 늦어도 1월엔 출판회를 열어야 한다고 했다. 지금 11월이니 두 달 안에 자서전을 완성하라는 말이다.

"오죽하면 K선배가 시 쓰는 나한테까지 죽을 둥 매달릴까."

P의 말투에 난처함과 곤란스러움이 덕지덕지 묻어 있다. 숲길안내원이 동절기에 일을 쉰다는 걸 P는 잘 알고 있었다.

"두어 달 쉬면서 소설 한 편 쓴다 생각하고 제발 좀 써줘라. 원고료도 꽤 준다니까."

일단 K선배를 만나보기로 했다. 그녀는 나와 가까운 곳에 살았다. 둘의 중간쯤에 약속 장소를 잡고 그녀를 만나러 나갔다. 식당 앞에서 그녀를 만나 가볍게 인사하고 점심으로 갈비탕을 먹었다. 식사 후 둘은 자판기 커피 한 잔씩 빼서 들고 주차장 구석진 곳으로 갔다.

K선배가 담배를 꺼내 물더니 우리 옆에서 담배를 피우는 남자들에게 담뱃불을 빌렸다. 나는 그녀가 담배를 다 태우길 기다리며 수년 전 스치듯 지나친 그녀를 떠올렸다. 카키색 야상점퍼에 카고팬츠, 낡은 가죽부츠를 풀세트로 장착한 K선배는 P가 말한 것과는 달리 변한 게 별로 없었다. 전보다 더 짙어진 자유분방함과 히피스런 냄새가 진동했다.

바닥에 담배꽁초를 던져 부츠로 비벼끈 K선배는 내게 두 가지 안을 제시했다. 자신이 여태 써놓은 원고를 넘겨받아 이어서 쓰고 원고료를 반반 나누거나, 처음부터 새로 쓰고 원고료 전액을 챙긴다, 중 하나를 고르라고 했다.

"얼마나 썼는데요?"

"한 70퍼 정도?"

"그럼 거의 다 썼군요. 선배님이 마무리짓지 그러세요?"

"그게 말이지…. P한테 들었겠지만 사정이 생겼어. 갑작스레 딸년이 결혼한다질 않나, 다음 달에 내가 갑상선 수술을 받아야 해서 여러 가지로 좀 곤란해."

그녀가 몸이 아프다는 말에 마음이 약해졌다. 돈 욕심 버리고 쉽게 가는 쪽으로 기울었다. 그녀가 써놓은 원고를 넘겨받아서 마무리짓기로 했다.

"원고 다 완성하면 2백에서 3백 줄게."

금액을 어정쩡하게 말하는 게 싫었으나 더는 대꾸하지 않았다. 돈에 연연하는 인상을 주고 싶지도 않았다. 무엇보다 글 쓰는 건 자신 있기에 3백은 받을 거라고 확신했다. 헤어지기 전 K선배는 오늘 나눈 이야기는 우리 둘만 알아야 한다며 입단속을 했다. 특히 의뢰인에게는 절대 비밀이라고 했다. 대필작가가 중간에 바뀐 걸 알면 계약 위반이어서 피차 곤란해진다는 거였다. 나도 그 정도쯤은 알아듣는다며 안심시켰다.

그날 저녁 K선배는 그동안 자신이 작업한 글을 메일로 보냈다. 파일을 열어보고 기가 차서 입이 떡 벌어졌다. 분명 70퍼센트 썼다고 했는데 아니었다. 아무리 훑고 또 훑어봐도 맥락이 잡히지 않았다.

자서전이라고 쓴 글이 무슨 딱딱한 보고서 같았다. 번호 붙인 목차만 쭉 나열하고 내용은 개조식에 요점을 늘어놓았다. 게다가 목차의 반은 백지였다. 자료를 복사하는 과정에서 10페이지 정도 날아가버렸다는 어이없는 변명까지 덧붙였다. 이건 아니다 싶어 즉시 K선배에게 전화를 걸었다.

"자료가 이게 다예요?"

K선배는 태연히 그렇다고 했다.

"의뢰인 만나 녹취한 거라도 있을 거잖아요."

"녹취? 그런 거 없어."

"이런 빈약한 자료로 어떻게 내용을 다 채우라는 거죠?"

"그건 나도 마찬가지야. 의뢰인을 두어 번 만나봤는데 알맹이 하나 없는 맹탕이야. 이런 지경인데 자서전을 내겠다니 웃기지도 않아. 그냥 대충 써봐."

그 말에 헛웃음이 나왔다. 딸 결혼이니 갑상선 수술은 핑계고 원고를 완성할 자신이 없어 도중에 넘긴 거란 의심이 들었다.

"이걸로는 저도 못 써요. 차라리 판타지 소설을 쓰지⋯. 저 안 할래요."

그러자 K선배가 다급해졌다.

"자, 잠깐만! 이번 주말에 의뢰인을 만나기로 했어. 궁금한 거 말해봐. 다 물어볼게."

바보같이 나는 그 말에 희망을 걸었다. 자서전 대필이 처음이라서 다들 이렇게 쓰는가 했다.

11월 막바지에 눈이 내렸다. 해마다 신춘문예 공모전에 작품을 보내지만 어김없이 탈락이었다. 겨울 한철 숲길안내원을 쉬는 동안 자서전 한 편 써주고 목돈을 받는 것도 괜찮다 싶었다. 신춘문예는 천운이 들어야 붙는다는데 자서전은 그냥 술술 쓰기만 해도 큰돈을 준다지 않은가. 그야말로 따놓은 당상이라고, 더 이상 불평을 말자며 화목난로에 장작을 가득 집어넣고 앉은뱅이책상을 난로 앞에 바짝 붙이고 글을 쓰기 시작했다.

그 뒤로 K선배는 자료랍시고 메일을 몇 번 보냈다. 그녀가 보낸 사진이나 인터뷰한 신문기사는 크게 도움이 되지 않았다. 난감할 따름이었다. 차라리 대필작가가 바뀐 걸 의뢰인에게 솔직하게 말하고 내가 직접 의뢰인을 만나보겠다고 해봤다. K선배는 그건 절대 안 된다며 막았다.

의뢰인의 어린 시절은 나와 많이 닮았다. 2남 2녀 중 장녀라는 것도 그렇고, 딸이라는 이유로 배움의 길이 막힌 것도 그랬다. 갓 태어났을 때 새파랗게 숨이 넘어간 걸 어찌어찌 살려냈다는 사연을 쓸 때는 정말 내 이야기 같았다. 그렇고 그런 사소한 에피소드에 살을 붙여가며 애잔하게 끌어가기도, 부풀려서 극적으로 과장하기도 했다.

그렇게 나는 자서전이 아닌 소설을 써나갔다.

어린 시절 형제자매와 부모님 이야기, 결혼하고 가정을 꾸린 과정을 이어나갔다. 한두 줄뿐인 삭정이 같은 개조식 문장에 생기를 불어넣어 싹을 틔우고 꽃을 피워 한 그루 유실수로 키워내는 지난한 작업이었다. 그렇게 자서전이 채워지는 동안 K선배는 집필 과정을 꼬박꼬박 체크해서 의뢰인에게 점검받았다.

내가 K선배에게 글을 보내면 그녀는 자기가 쓴 것처럼 의뢰인에게 보냈다. 의뢰인이 수정할 곳을 K선배에게 짚어주면 내가 또 받아서 고쳐 보냈다. 자료를 더 보내주겠다던 K선배는 더는 약속을 지키지도 않았다.

자서전 뒷부분은 의뢰인이 정치에 뛰어든 계기와 그간 쌓은 결과물, 정치인이 되었을 때 펼치고픈 비전을 적었다. 어린 딸이 의료사고로 장애를 입자 과실을 밝히기 위해 병원과 싸우는 과정이 눈물겨웠다. 골리앗에 맞서 싸우는 다윗처럼 의뢰인은 법을 공부하며 마침내 승소한다. 그 보상금으로 복지재단을 세워 운영하다가 시의원에 나가게 되었다. 그런 일련의 과정은 신문기사와 블로그에서 자료를 얻었다. 시청 앞에서 단식과 삭발투쟁을 벌인 기사도 찾아냈다.

두 달 동안 쉬지 않고 자서전이 아닌 소설을 썼다. K선배는 12월 중순까지 원고를 마감하라고 채근했다. 밤잠까지 설쳐가며 매달렸고, 다행히 마감일에 원고를 넘길 수 있었다. 이어 교정도 여러 차례 해서 보냈다. 마침내 끝마쳤다고 안도의 한숨을 내쉴 때였다. K선배가 그리 탐탁지 않은 반응을 내게 전했다.

"그쪽에서 원고를 읽고 전체적으로 별루래. 스토리 전개도 좀 생뚱맞다 그리고."

"다시 고쳐 쓸까요?"

"아니 됐어. 이제부턴 내가 마무리할게."

뭔가 허탈하고 찜찜했다. 그러더니 연말이 가깝도록 원고료가 들어오지 않았다. 원고료를 받으면 아이들과 근사한 크리스마스 파티를 할 거라고 계획을 짰다가 세상 쓸쓸하고 우울한 크리스마스를 보냈다. 해가 바뀌고 K선배에게 문자를 보내고 전화를 걸어도 연락이 되지 않았다. 내가 당한 건가 싶었다. 작심하고 그녀에게 이메일을 보냈다.

'왜 연락이 안 되죠? 설마 일부러 제 연락 피하는 건가요? 제가 쓴 원고 다 돌려주세요. 원고료는 한 푼도 안 받을 테니, 대신 내가 쓴 글은 단 한 줄도 사용하지 마세요.

우리가 주고받은 이메일이 증거예요. 저를 속일 생각은 추호도 하지 말아요. 의뢰인 연락처도 알고 있어요. 계속 답을 안 주면 의뢰인에게 대필작가가 바뀐 걸 알리고 제가 쓴 원고 돌려받겠습니다.'

메일을 확인한 K선배에게서 즉시 전화가 왔다.

"미안, 그동안 바빴어. 수술받고 외진 절에 들어와 있어. 여긴 전화가 잘 안 터지는 곳이야. 산에서 한참 내려와야 통화가 되거든."

"메일 읽으셨죠? 제가 쓴 글 돌려주세요. 제 허락 없인 출판하지 마세요."

"무슨 소리야? 지금쯤 출판사에서 인쇄 들어갔을 텐데."

"할 수 없군요. 소송 걸 거예요!"

"실은 나도 아직 계약금을 못 받았어. 씨발, 나도 미치겠어. 그년이 책 나오면 바로 준다고 했으니까 조금만 기다려주라."

"아니요. 당장 인쇄 멈추라고 출판사에 전화하겠어요."

"자, 잠깐만! 내가 얼마 정도 보내줄게. 조금만 기다려줘."

전화를 끊고 K선배는 내 통장에 백만 원을 송금했다.

그게 끝이었다.

봄이 꿈틀대기 시작한다. 산골의 봄은 발뒤꿈치가, 귓바퀴가, 콧등이 근질거리면서 찾아온다. 새 일거리를 찾아 이력서를 작성하다가 지난 겨울 내내 옹크리고 쓴 자서전을 검색해봤다. 에스24와 교보문고에 내가 쓴 자서전이 떴다. 224페이지 분량에 표지 전면에는 활짝 웃는 의뢰인 사진을 꽉 차게 넣었다. 정치인 자서전답게 표지가 근사하다.

며칠 전 북콘서트를 열었다는 기사도 수십 건 검색되었다. 북콘서트장 무대 중앙에 책 표지와 의뢰인 얼굴이 그려진 대형 현수막이 걸렸다. 무대 앞에 화환과 꽃바구니가 놓였고, 기자와 축하객들에게 둘러싸여서 작가 사인을 하는 의뢰인이 보였다. 너무나 당당하다.

그중 눈에 익은 또 한 사람이 보였다. K선배다. 말쑥한 정장차림에 미용실에 다녀온 헤어, 화려한 메이크업으로 아주 딴 사람 같다. 자서전 대필작가로 K선배가 정식 초대되었다는 기사도 보인다. 대필해준 K선배에게 의뢰인이 깊이 감사하다고 적은 대목을 읽을 땐 내 몸속 어딘가에서 희망이 빠져나가는 걸 느꼈다.

서양에서 대필작가를 유령작가라고도 한단다. 그렇다면 대필작가의 대필을 한 나는 무어란 말인가. 숱한 밤을 새워가며 자서전을 완성하고도 유령작가의 유령이 되어 숨소리조차 죽이며 신문기사 속 그들을 물끄러미 바라보는 나는.

떠돌이개가 짖는 시간

새벽 4시다. 어김없이 눈이 떠진다. 오래 뒤척이다 겨우 잠들어도 한두 시간 지나면 잠이 깬다. 남자도 갱년기가 있다더니 요즘 내 증상이 딱 그렇다. 혼자 오래 살아와서 성욕 저하는 일상이지만 나이 오십줄에 들도록 불면증이란 걸 모르고 살아왔다. 언제부터인가 한번 깨면 좀체 잠들지 못한다. 새벽이면 밖에서 개 짖는 소리에 온 신경이 날카롭다. 주변엔 상가건물뿐인데 누가 상가에서 개를 키우는 걸까. 개 짖는 소리에 생머리가 아프다. 이불 속을 나와 창을 열고 바깥을 내려다본다. 저 아래 상가 골목에 개 한 마리가 어슬렁거린다.

산책이 숙면에 도움이 될까 해서 일찍 저녁을 먹고 밖으로 나왔다. 멀리 나가진 않고 집 주변을 뱅뱅 돌았다.

면소재지 작은 마을은 해 지기 무섭게 인적이 끊기고 주변 상가들은 서둘러 문을 닫는다. 주점과 노래연습장, 편의점이 모여 있는 상가 골목만 늦도록 불이 밝다.

그 중 '간이역' 주점 간판 불빛이 가장 밝다. 주점 출입문 앞에 열차 차단기 모형 입간판을 세워놓아 실제로 간이역을 연상시킨다. 흰 진돗개 한 마리가 그 앞에 문지기처럼 앉아 있다. 새벽마다 짖어대는 바로 그 녀석이다. 녀석은 길 한가운데 배를 깔고 앉아서 제 집처럼 여유만만하다.

"어이, 해탈이 왔구나!"

한 남자가 주점을 나오면서 녀석을 부른다. 해탈이라, 뭔가 사연이 담긴 이름 같다. 그때 자동차 한 대가 골목 안으로 들어오자 해탈이가 일어나 차가 지나가게 비켜주었다.

그 사이 나는 동네 한 바퀴를 더 돌아서 간이역 앞까지 왔다. 해탈이가 여전히 땅바닥에 배를 깔고 앉아 주점 출입문을 바라보고 있다. 누군가를 기다리는 몸짓이다.

'저 안에 주인이 있는 거니? 새벽마다 왜 그렇게 울어대는 거냐?'

말도 못하는 녀석을 붙들고 물어보고 싶었다.

산책을 마치고 집에 들어와 미지근한 물로 몸을 씻고 잠자리에 들었다. 몸을 좀 움직여선지 이내 잠이 들었다. 설핏설핏 깼다가도 금방 다시 잠들었다. 얼마나 잤을까. 잠결에 개 짖는 소리 또 들려왔다. 눈을 비비고 시계를 보니 역시나 새벽 4시를 지나고 있다.

앞 베란다로 나가 바깥을 내다보았다. 새벽하늘에 달이 휘영청 밝은데 개가 달을 보며 짖고 있다. 컹컹컹, 개 짖는 소리가 동네를 흔든다. 이 동네 사람들은 다들 부처님처럼 너그러운 건가. 누구 한 사람 민원을 넣을 만도 한데 아파트 창문마다 까맣게 고요하다.

다음날도 저녁을 먹고 산책을 나왔다. 멀리 나가진 않고 아파트와 상가 주변만 뱅뱅 돌았다. 불빛 많은 상가 골목으로 들어서는데 해탈이가 안 보였다. 동네를 서너 바퀴 돌 때까지도 녀석이 보이지 않았다. 간이역 창유리 너머로 안을 들여다보았다. 아직은 이른 시각인지 손님이 한 명도 없다. 주점 앞 입간판에 붙은 안주 메뉴에 눈이 갔다. 닭꼬치, 오뎅탕, 모듬소시지, 노가리…. 안주 사진을 보자 오래 참았던 술 생각이 났다. 나는 성큼성큼 간이역 안으로 들어갔다.

"어서 오세요!"

주인여자가 큰소리로 반겼다. 내가 첫 손님인 듯 진심 반가운 표정이었다.

"소주랑 오뎅탕 하나 주세요."

술과 안주를 주문하고 가게 안을 휙 훑었다. 내부가 생각보다 좁았다. 네 개뿐인 탁자에 나무 칸막이를 칸칸이 설치해놓아 실제 열차에 오른 기분이 들었다. 20대 초반 완행열차 타고 밤을 새워 여행했던 추억마저 소환되었다.

"손님, 저희 가게 처음이죠? 혼자세요?"

주인여자가 소주와 잔을 가져다주며 말을 걸었다.

"예, 지나다가 술 생각이 나서요."

안주가 나오길 기다리며 소주 한 잔을 따라 단숨에 들이켜자 알딸딸하게 취기가 올라왔다.

"사장님, 가게 앞에 늘 앉아 있던 개가 오늘은 안 보이네요."

"해탈이요? 걔가 오늘 좀 늦네."

"사장님이 그 개 주인인가요?"

"아니요. 개 주인은 지금 병원에 있어요."

"어쩌다가요?"

"실은 강 씨도 진짜 주인이 아니에요. 올 여름 해탈이가 개장수 트럭에 실려가는 걸 보고 강 씨가 그날 일당을 주고 구했나봐요. 자기도 하루 벌어 하루 먹고 살면서…. 강 씨 그 사람 저기 강변모텔에 달방 끊어 살았잖아요."

"참 착한 분이시군요."

"사람이 착하기만 해서 탈이죠. 노가다해서 번 돈으로 술만 마시더니 결국 병원에 실려갔어요. 그런 줄도 모르고 해탈이는 노상 가게 앞에서 저러고 강 씨를 기다려요. 암만 쫓아도 안 가요. 손님들이 안주 던져주고 가게에서 음식쓰레기 남으면 주고 그래요."

"그 개가 새벽마다 크게 짖더라고요."

"산책하자고 그럴걸요. 강 씨가 새벽마다 해탈이 데리고 산책을 했어요. 버릇을 아주 고약하게 들여놨어요. 시끄럽다고 누가 민원이라도 넣으면 큰일인데."

소주 한 병을 다 비우도록 가게에 손님이 없었다. 자연스레 주인여자랑 맞술을 하고 있었다.

"강 씨는 좀 어떤가요?"

"영 가망이 없나봐요. 지난 달에 아들이 와서 모텔비 정산하고 짐도 다 빼갔대요."

"아, 안타깝네요."

주인여자와 소주 한 병을 더 비우고 간이역을 나왔다.

그때까지도 해탈이는 보이지 않았다.

늘 그렇듯 한참을 뒤척이다 잠이 들었다. 컹컹컹, 잠결에 개 짖는 소리 들려왔다. 시곗바늘은 여지없이 새벽 4시를 지나고 있다. 개 짖는 소리가 오늘 따라 우렁차다. 나는 이불 속을 빠져나와 주섬주섬 옷을 입었다. 어차피 잠은 오지 않을 테고 산책이나 하기로 했다. 어둑한 상가 골목 쪽으로 들어서는데 해탈이가 불 꺼진 간이역 앞을 어슬렁거리고 있다.

"얌마, 그만 짖고 따라와! 너 그러다가 또 잡혀간다."

녀석을 향해 몇 마디 중얼거리고는 곧장 강변 쪽으로 걸었다. 걷다가 돌아보니 녀석이 보이지 않았다. 강을 따라 크게 한 바퀴를 돌았을 때쯤 해가 떠오르고 있었다. 물안개 짙게 깔린 먹먹한 강에 위안처럼 햇살이 깔리면서 주변이 밝아졌다. 그때였다. 저만치 뒤에서 하얗고 작은 안개덩이가 꼬리를 흔들며 걸어오는 게 아닌가. 해탈이다. 나는 모른 척 돌아서서 가던 걸음을 옮겼다.

그 밤, 그 달빛이

그가 내게로 왔다. 생각지도 못한, 너무도 오랜만에 느껴보는 흔들림이었다.

서른이 되었을 때 나는 인생 반을 살아버렸다며 〈서른 즈음에〉를 장송곡처럼 불러댔다. 세월은 거침없이 흘러 어느덧 마흔이 되었고 세상도 달라졌다. 평균수명이 80으로 늘어버린 것이다. 나는 또다시 인생의 반을 살았다며 홀로 자축했다. 이제는 쉰이다. 쉰은 백세시대 절반이다. 더는 늘어날 수 없고 늘어나서는 안 되는, 남은 반평생이라는 터널이 불안한 눈빛으로 기다린다.

쉰, 절반의 경계에 서서 결코 희망적이지 않고 반갑지도 않은 남은 절반을 막막하게 바라볼 즈음이었다. 체력은 점점 떨어지고 한때 뜨거웠을 꿈, 열정은 퇴색되어간다. 느는 거라곤 흰머리와 잔주름, 나도 모르게 새 나오는 탄식뿐이다.

여든 생일을 맞은 엄마가 당신이 즐기시던 들깨미역국 몇 술 뜨더니 '사는 게 너무 지겹다'고 중얼거렸다. "엄마, 개똥밭에 굴러도 이승이 저승보다 낫대." 그랬더니 엄마가 피식 웃으며 "어디 살아봐라. 너라면 지겨워서 숨이 꼴딱 넘어갈 거다"라며 손에 든 숟가락을 국사발에 푹 담가 버렸다. 엄만 진짜 죽을 만큼 삶이 지겨웠을까. 그 이듬해 봄날 잠자듯 세상을 떠났다.

지난 여름은 서울 사는 친구와 안동에 갔다. 드라마작가인 그 친구와는 일 년에 한 번씩 여행을 한다. 처음엔 겉멋이 잔뜩 들어 스페인, 이탈리아, 튀르키예 등지로 다니다가 외국 나가는 설렘이 시들해지자 국내 조용한 곳에서 만난다. 올해는 저랑 나 가운데 지점에서 만나자고 제안했다. 예약한 숙소는 안동 외곽 골프텔이었다. 근처에 낙동강이 곧게 흐르고 월영교가 긴 강을 가로지르는 전망 좋은 곳이었다. 내가 먼저 숙소에 도착해 짐을 풀고 산책을 했다.

여름 초입이라 나무 그늘 아래는 산산하니 걷기에 좋았다. 자분자분 걸어 월영교에 이르렀고 건너편 원이엄마 테마공원에 닿았다. 거기서 원이엄마 편지를 읽었다. 조선시대 너무 일찍 남편을 잃은 여인이 남편 관 속에 적어넣은 가슴 아픈 사연이었다.

'남들도 우리처럼 서로 어여삐 여기고 사랑힐까요?'

부부가 절절한 사랑 속에서 이별을 맞이했을 거라 여겨지는 대목이다. 요즘 흔한 말로, 너 없이 못 산다고 결혼했다가 너 때문에 못 살겠다고 이별한다지 않은가. 내 말인 것 같아 피식 웃었다. 나도 엄마도 순탄치 못한 결혼생활을 하다 결국 이혼했으니까. 딸이 짐을 끌고 집으로 돌아왔을 때 엄마는 그게 자기 탓인 양 괴로워했다. 바람기 넘치던 아버지를 보고 자라서 평소 남편을 지나치게 의심하고 불신한 건 사실이었다.

"너랑 살다간 미쳐버릴 것 같아."

남편의 마지막 일성을 또렷하게 기억한다. 나는 벚나무 잎 그늘 짙은 벤치에 앉아 흐르는 강물을 바라보았다. 한참을 그렇게.

'급히 처리할 일이 생겨서 돌아가고 있어. 내일 일찍 출

발할게.'

친구가 보낸 문자를 한참 뒤에 읽었다. 이런 조용한 곳에선 혼자 하룻밤을 보내는 것도 괜찮았다. 해가 지기 전에 저녁을 해결하고 쉬고 싶었다.

미리 검색해놓은 맛집은 웨이팅이 길고 혼자는 받아주지 않을 것 같아 숙소 근처 작은 식당에 들어갔다. 그 집도 메뉴판 아래 정식 2인분 이상 가능하다고 적어놓았다. 말없이 식당을 나오는데 누군가 나를 불러 세웠다.

"혹시 혼자세요? 저도 혼자라 그런데 같이 드실래요?"

가벼운 운동복 차림의 남자였다. 서글서글 웃는 얼굴에 안심이 되어 그러자고 했다. 둘은 구석진 자리에 마주앉아 자반고등어 정식을 주문했다. 남자가 조심스레 소주 한 잔 마셔도 되는지 물었다. 그러라고 했다. 내가 먼저 혼자 밥을 먹게 된 사정을 간단히 얘기하니 남자도 말했다.

"친구들 골프 모임이요. 내일까진데, 한 친구가 급한 일로 가야 해서 방금 헤어지고 저는 안동에 온 김에 둘러보고 가려고 남았어요."

그와 얘기를 나누다 술을 한두 잔 받아마시게 되었다. 남자가 나이를 말했다. 내가 그보다 두 살 많았다. 자기보다 한참 어린 줄 알았다며 웃는데 그 웃음이 묘했다. 전문

직 아내와 대학 다니는 두 딸과 건실한 사업체를 가진 소위 잘나가는 남자였다. 내게 없는 건 모조리 가져서 부럽다고 했다. 남자는 말이 참 많았다. 말이 많은 남잘 싫어하는데 그날은 싫지 않았다. 낯선 곳에서 만난 낯선 사람끼리 호기심 같은 끌림이 있었을까. 우린 자리를 옮겨서 본격적으로 마셨다. 그는 요즘 부쩍 외로움을 느끼며, 외로움의 뿌리를 찾는 중이라고 했다.

"사회적으로 성공한 사람도 외롭나봐요."

"성공의 기준이 뭔데요? 그건 지극히 개인적인 거라 함부로 평할 건 아니죠."

남자는 불우했던 자신의 어린 시절을 털어놓았다. 아련한 추억으로 시작해서 차마 듣고 싶지 않은, 나약하고 충격적인 치부까지 끄집어냈다. 어쩌다 나는 가톨릭 신부가 되어 그의 고해성사를 듣고 있었다.

"내게 왜 그런 말까지 하는 거죠?"

"그냥요. 모두 다 말하고 싶네요."

남자는 끝내 눈물을 보였다. 지금은 술에 취해 나약해진 거라고 내일이면 후회할 거라고 말했다. 우리가 나눈 얘기는 죽을 때까지 품고 가겠다고 말해줬다. 남자가 내 휴대폰을 달라고 하더니 자기 전화번호를 꾹꾹 찍고 통화 버튼을 눌렀다.

"우리 친구해요. 또 연락합시다."

그날 밤은 그렇게 헤어졌다. 다음날 일찍 서울서 친구가 내려와서 그와는 카톡으로만 작별 인사를 했다.

안동을 다녀온 후로도 남자와 자주 연락했다. 우린 아주 소소한 이야기를 진지하게 주고받았다. 저녁 산책길에 본 붉은 노을과 낮에 올려다본 하늘빛, 좋아하는 꽃 이야기를 무슨 특별한 전설처럼 풀어놓으면 또 그렇게 들어주었다. 남자와 나는 두 시간 거리에 살았다. 그는 간혹 아내와 딸 이야기도 했다. 가족을 몹시 사랑한다고 했다. 가정적인 그여서 더 좋아보였다.

한편 내 일상에 미세한 균열을 느꼈다. 첨엔 보일락 말락 한 실금이었는데 조금씩 커졌다. 어느 순간 그가 내 속 깊이 들어와 있다는 걸 느꼈다. 그와 손끝 하나 닿지 않았는데 나는 그에 대해 너무 많은 걸 알고 있었다. 그의 한마디, 그가 보낸 한 문장에도 가슴이 일렁였다. 반평생을 살아놓고도 새삼스레 이런 감정이 생길 수 있구나 싶었다. 주체 못할 감정이 한편으론 두려웠다. 나 혼자서 감당하기 힘들게 되었을 때 친구에게 속을 털어놓았다.

"이 나이에 너 그거 축복이다. 자연스럽게 받아들이고 즐겨!"

과연 그녀다운 조언이었다.

"만약에 말이지, 이번이 처음이라면 그럴 수 있겠지. 하지만 난 너무 많은 걸 알아버렸어. 이런 감정은 반드시 유효기간이 있다는 것도."

전화기 저편 씁쓸하게 웃는 친구가 그려졌다.

그에게 이별을 통보하자,

"언제 우리가 사귀긴 했고요?"

그가 담담하게 말했다.

"정들기 전에 헤어지자고요."

"당신, 보기보단 참 겁이 많으시네."

그가 웃으며 말했다.

그도 속으론 두려웠을 거라고, 내가 말해줘서 고마웠을 거라고 나는 혼잣말을 했다.

문득 안동에서 보았던 원이엄마 편지가 떠올랐다. 삼단 같은 머리카락으로 미투리를 삼아 죽은 남편 관 속에 넣어준 그 여인의 숭고하고 애틋함이 내게로 투영되었다. 기껏 세상에 와선 누구 한 사람 죽도록 사랑하지도, 사랑

받지도 못하고 반평생을 맞은 나 자신이 가여워 눈물이
났다.

　그날 밤, 남자와 술집을 나왔을 때 월영교 위로 달이 밝
았다. 또 다른 달 하나가 강물에 내려와 일렁이더니 그 환
한 달빛 한 올이 내 가슴에 오롯이 파고든 거였다.

그 옛날 목화밭

빛나고 어여쁜 날들이 좋은 줄도 모른 채 흘러가 버렸다.

그가 잠자듯 숨을 거뒀다. 어둑발 내리는 저녁 무렵 농장에서 돌아오다 차에 치인 그는 병원 중환자실에서 눈한번 떠보지 못하고 허무하게 가버렸다. 사고를 당하던 날 그와 아내가 다퉜다. 둘은 평소에도 자주 언성을 높였다. 아내는 진돗개 범이 목줄이 너무 길다고 몇 번이나 말했다. 목줄이 기둥에 자주 엉켰고 그때마다 범이 죽는 소리를 냈다. 줄을 짧게 고쳐 매든가 넓은 마당으로 개집을 옮기라고 아내가 잔소리해도 그때마다 그는 시큰둥하게 넘겼다.

그날 아침도 개줄이 기둥에 엉켜 버둥거리는 범이를 보고 아내가 폭발했다. 쟤가 죽는 걸 기어이 보고 말 거냐고 악을 썼다. 당신도 저 지경을 당해봐야 알 거라는 막말도 퍼부었다. 아내는 그때 그렇게 말한 것을 가슴치며 후회했다.

그와 아내는 같은 고등학교를 나왔다. 지방 소읍에 있는 고등학교로 한 학년이 4학급이고 전교생이 600명에 달하는 제법 큰 규모였다. 남학생과 여학생이 반을 나누고 문과와 이과로 다시 나누어져서 학교 다닐 때는 서로가 잘 몰랐다. 졸업하자 그는 바로 군에 입대했고 아내는 부산에서 직장에 다녔다. 그러던 어느 날 고향 가는 버스 안에서 둘이 만났다. 잔뜩 부풀린 나이아가라 파마머리에 꽃무늬 민소매 원피스를 입은 그녀는 시골티를 완전히 벗은 모습이었다.

둘은 서로 긴가민가하다가 정류소에 내려서야 알아봤다. 그녀가 먼저 그에게 주소를 물었다. 두피가 훤히 보이는 짧은 머리와 한여름에 소매를 접어올린 군복 차림의 그를 보고 마음 여린 그녀는 위문편지라도 한번 보내야겠다고 생각했다. 삐삐도 휴대폰도 없던 그 시절에는 편지가 유일한 소통 수단이었다. 한번으로 끝날 줄 알았던 위문편지는 달달한 러브레터로 이어졌고 5년이 지났을 때 둘은 결혼을 약속한다.

둘은 읍내에서 유일한 목화예식장에서 결혼식을 올렸다. 뾰족지붕에 새하얀 예식장 건물은 동화 속 궁전을 닮았다. 칙칙한 소읍 분위기와 전혀 어울리지 않은 유럽풍 독특한 외관으로 인근 사람들 입에 자주 오르내렸고 소읍의 랜드마크가 되었다.

예식장을 예약하고 신부 드레스를 맞추는 날 양가 부모가 같이 왔다. 깊숙한 청송골에서 복숭아농사를 짓던 그의 아버지는 며느릿감이 마냥 어여쁜지 시종 함박웃음을 머금고서 여기서 가장 비싼 드레스로 내놓으라며 흥분해서 말했다.

"신부에게 가장 잘 어울리는 걸로 골라드릴게요."

예식장 직원이 웃으며 어깨가 깊게 파이고 심플한 드레스를 골랐다. 드레스를 입은 그녀는 태양처럼 빛나고 고왔다. 스물다섯이라는 나이는 충분히 그럴 만했다.

결혼식 전날에 목화송이 같은 눈이 밤새 내려 쌓였다. 눈이 계속 오면 어쩌나 걱정했는데 날이 밝아오자 햇볕이

났다. 도로에 쌓인 눈은 빠르게 녹았고 주변 산과 벌판과 건물은 온통 새하얀 눈세상이었다. 하늘이 둘의 결혼을 축복하여 흰 눈으로 한껏 세상을 장식한 듯했다.

읍내가 떠들썩하도록 하객이 많았다. 목화예식장이 생기고 사람이 가장 많았다고 한다. 동창끼리 하는 결혼이라 결혼식장은 자연스레 동창회가 되었다. 읍내 식당까지 손님이 가득 찼고 더러는 좌판을 벌여 술과 음식을 나눴다. 양가 어른이 손을 맞잡고 덩실덩실 춤을 췄다.

결혼식과 폐백을 마친 신랑 신부는 예식장 지하 피로연장에서 동창들과 피로연을 즐겼다. 더러 짓궂은 장난도 있었지만 웃어 넘길 만했다. 신랑이 마이크를 잡더니 '예식장 이름이 목화라서 참 맘에 들어. 내가 좋아하는 노래도 목화밭이거든' 하며 노래를 불렀다. "우리 처음 만난 곳도 목화밭이라네. 우리 처음 사랑한 곳도 목화밭이라네." 친구들 사이에서 소문난 음치고 몸치인 그가 되똥거리며 춤까지 췄다. 노래와 춤은 밤이 깊도록 이어졌다.

둘은 부산 바닷가 동네에 신혼살림을 차렸다. 그는 선박회사에 취직했고 아내는 이듬해 첫아이를 낳았다. 빠듯한 월급으로 아이 셋을 줄줄이 낳아 키우느라 봄이 오는

지 겨울이 가는지 모르고 살았다. 사니 못 사니 다투면서 큰 고비도 몇 번 넘겼다. 그러는 사이 아이들은 자라서 대학으로 직장으로 떠나갔다.

오래된 아파트에 그와 아내 둘만 남았다. 그는 고향에 돌아가 노년을 보내고 싶었다. 시골살이가 싫다는 아내를 설득하는 과정이 힘들었으나 결국엔 고향에 돌아왔다. 부모님이 살던 집을 허물고 새로 집을 지었다. 집 옆 남새밭에서 사철 푸성귀를 심어 뜯어 먹고 자식들에게도 보내주었다. 그는 아버지가 남긴 농장에 정성을 쏟았다. 자신의 학비를 대주고 신혼집 전세금을 보태준 늙은 복숭아나무를 다 베어내고 요새 새롭게 뜬다는 블루베리 나무를 심었다.

아내는 시골살이가 힘들었다. 운전을 못하는 아내에게 시골은 답답한 곳이었다. 백화점이, 문화센터가, 말벗이 그립다며 자주 짜증을 내었다. 그럴 때면 그는 가까운 P시에 아내를 데리고 나갔다. 그렇게 하루 나갔다 오면 한동안 아내 표정이 밝았다.

그가 사고를 당하던 날도 아내가 심통을 부렸다. 범이 목줄은 핑계였고 긴긴 겨울이 지나도록 바람 한 번 쐬러 나가지 않아서 불만이었다. 어느새 매화가 향기를 흩뿌리고 노란 산수유가 흐드러진 봄날이었다. 블루베리 나무 가지치기에 바쁜 그는 아내와 나들이를 하루 이틀 미루고 있었다. 가지치기를 끝내고 주말쯤 산수유축제에 가자고 말할 참이었다. 해가 저불도록 농장 일을 마치고 돌아오다가 그만 차에 치이고 말았다.

갑작스런 그의 죽음으로 아내는 경황이 없었다. 아이들이 올 때까지 맥을 놓고 멍하니 있었다. 큰아들이 병원에 도착하고 장례 절차가 진행되었다. 장례식은 집에서 가까운 소읍에서 치르기로 했다. 아내는 큰아들 차를 타고 장례식장으로 향했다.

차창 밖으로 매화인지 벚꽃인지 새하얀 꽃길이 이어졌다. 아내는 비로소 남편 죽음을 실감하곤 목을 놓아 울었다. 남편을 빼쏜 아들은 두 손으로 운전대를 꽉 움켜잡고 입술을 깨물며 속울음을 울었다. 이윽고 장례식장에 닿았다. 차에서 내려 아들 부축을 받으며 건물 안으로 걸어가던 아내는 불현듯 기시감에 고개를 들어 건물을 둘러봤다.

입구에 세워진 '목화장례식장' 간판이 눈에 들어왔다. 오래 전 목화예식장이 장례식장으로 바뀌었다. 새하얗던 건물 외벽을 연회색으로 칠했고 궁전처럼 우람하던 뾰족 지붕 건물은 주변 새로 올라간 건물에 가려 초라했다. 그의 부고에 가장 먼저 달려온 동창이 망연자실했다.

"세월 가는 게 참 우습다. 스물다섯이었지. 그때가…. 꽃같이 곱던 신랑 신부가 아직 내 눈에 삼삼한데, 어쩌자고 이리 빨리 가버린단 말인가!"

그와 각별했던 동창이 영정 앞에서 그의 이름을 부르며 눈물을 쏟았다. 갑작스런 부고에도 조문객들이 줄을 이었다. 그들은 하나같이 장례식장으로 바뀐 그 옛날 목화예식장을 떠올리며 허탈해했다.

"하긴 누가 이런 촌에서 결혼하려고 하나. 도시에 삐까뻔쩍한 식장들도 파리만 날린다는데."

"요새 젊은것들이 당최 결혼을 안 해서 큰일이야."

이런 말들도 오갔다.

친구들과 피로연을 열었던 지하 1층에 그가 잠들어 있다. 아내는 조문객이 뜸한 시각에 가만히 빈소를 나왔다. 유독 추위를 많이 타던 그였다. 겨우내 고향집 아궁이에 군불을 지피고 절절 끓는 아랫목에서 몸을 지지는 걸 좋아했다. 그런 그가 저 어둡고 차가운 지하에 누워 있다.

아내는 덮고 있던 무릎담요를 감싸안고 지하 안치실로 향했다. 엘리베이터를 타지 않고 계단으로 내려갔다. 계단을 다 내려가 안치실 앞에 섰다. 출입문이 싸늘하게 막아섰다. 아내는 문 앞에서 남편을 흐느껴 불러보았다. 돌아오는 답이 없다.

그녀는 그에게 들으라는 듯 나지막이 노래를 읊조렸다. "우리 둘이 헤어진 곳도 목화밭이라네. 기약도 없이 헤어진 곳도⋯." 눈물에 범벅진 소리가 지하 공간을 훌쩍훌쩍 떠돌았다. 그때 묵직하고도 다정한 손이 아내 어깨를 감쌌다.

"엄마, 그만 올라가요."

그를 빼쏜 아들이었다. 아들에게 의지해 계단을 오르며 아내는 못다 부른 노래를 가만가만 흘려보냈다.

Part 5
양귀비꽃 울엄마

상처가 상처에게
오늘도 까막고개를 넘는다
너무도 슬픈 데칼코마니
양귀비꽃 울엄마

상처가 상처에게

김은 주변을 두리번거리며 둥치 우람한 서어나무 앞에 차를 세웠다. 사무실을 나서기 전 구글맵으로 대략 그 집 위치를 확인했었다. 읍내를 벗어나 남쪽으로 이어지는 강 줄기를 따라 내려가면 고가도로가 보이고 갈림길이 나온 다. 거기서 우회전해서 5분쯤 직진하면 마을 입구로 들어 서는 다리가 보이고, 그 다리를 지나면 정자나무와 팔각 정자가 나온다.

그 집을 찾는 건 쉬웠다. 팔각정자 뒤편 검은 슬레이트 지붕이 눈에 익었다. 지붕을 받치고 선 시멘트벽에 파란 색 문패가 붙어 있었다. 김은 문패에 적힌 도로명주소를 확인하곤 마당으로 들어섰다. "실례합니다!" 하는 동시에 개 짖는 소리가 속사포로 튀어나왔다. 김은 반사적으로 뒷걸음쳤다. 포메푸들 믹스견 두 마리가 거실 유리문 안에서 이빨을 드러내고 맹렬하게 짖어댔다. 유리문 가장자리가 어른 주먹 하나 들어가게 깨져 있었다.

'37세 여자. 6년 전 사별하고 15세 아들 1명 있음. 치매 걸린 시모와 조현병 앓는 삼촌과 한집에서 생활하다 삼촌의 잦은 폭력으로 집을 나옴. 현재 ○○마을 빈집을 얻어 아들과 거주. 자활센터 연계로 노인돌봄일자리사업에 나감.'

자활센터에서 전달받은 정보에 사나운 개 두 마리가 빠져 있었다. 김은 휴대폰을 꺼냈다. 몇 번의 신호 끝에 통화가 연결되었다.

"○○군 희망복지담당입니다. 오늘 찾아뵙기로 약속한⋯."

"네에, 집에 거의 다 왔어요."

가늘고 느린 여자 목소리에서 마른 장작끼리 부딪는 버석거림이 느껴졌다. 상처 많은 목소리가 이런 것일까. 전화를 끊으며 김은 생각했다. 여자는 상습적 가정폭력과 경제적 빈곤으로 무기력해진 상태라고 들었다. 그때 빨간 경차 한 대가 정자나무 옆에 멈췄다. 차 문이 열리고 여자가 나왔다. 작고 아담한 여자는 어깨쯤 내려오는 생머리를 질끈 묶었고 드러난 피부가 검었다. 한 손에는 누런 에코백을 들었고, 살짝 경계하는 표정으로 다가왔다.

김이 고개를 꾸벅 숙여 인사하자 여자도 김에게 눈을 둔 채 인사했다. 김이 얼른 명함을 꺼내 여자에게 건넸다. 명함을 받아든 여자 손가락이 쇠무릎 굵은 마디처럼 툭툭 불거져있다.

"이사는 잘하셨어요? 집 정리는 아직이죠?"

김이 던지는 질문에 여자가 피식 웃으며 답했다.

"정리할 게 뭐 있어야죠."

여자를 따라 마당으로 들어가던 김이 그 자리에 멈춰섰다. 주인이 왔는데도 개들이 더 맹렬하게 짖어댔다.

"저어, 개들은 묶여 있나요?"

김은 어릴 때 개에게 엉덩이를 물린 적이 있다.

"쟤들 안 물어요."

여자가 희고 고른 치아를 드러내며 웃었다. '물론 주인은 안 물겠죠.' 김이 혼잣말로 중얼거렸다. 여자가 현관문을 열자 거실에 있던 개들이 와락 덤벼들며 날뛰었다. 다행히 묶여 있었다.

"울 애기들 묶어놔야지, 잃어버리면 큰일이잖아요."

여자는 송곳니를 드러내고 짖는 개들을 아주 흐뭇하게

바라봤다. 김은 제발 여자가 개들을 치워주길 기다렸다. 김이 현관문 밖에서 꼼짝않고 서 있자 여자가 개 두 마리를 질질 끌고 안방으로 들어갔다. 잠시 후 여자가 김에게 들어오라고 손짓했다. 김은 경계를 늦추지 않고 현관에 엉거주춤 들어섰다. 안방 문은 닫혔고 그 안에서 개들이 날뛰었다.

집안에서 가장 먼저 눈에 띈 건 현관 벽에 세워놓은 커다란 포대였다. 쌀 포대인 줄 알았는데 개사료였다. 여자가 살던 집에서 도망쳐나올 때 맨발에 입은 옷 그대로였다고 들었다. 수저와 밥그릇까지 지역사회단체에서 기증받았다. 옷가지와 이불과 신발, 세제, 휴지 같은 생필품은 물론이고 중고 냉장고와 선풍기와 밥솥도 후원받아 넣어주었다.

이웃 온정으로 두 모자의 보금자리가 마련되었다. 오래 비워놓았던 집안에선 곰팡이냄새가 심했으나 그보다 더 역한 냄새를 풍기는 건 따로 있었다. 개들이 싸질러놓은 오줌자국이 거실 바닥에서 얼룩을 만들며 말라가고 있었다. 주방은 한번도 밥을 해먹지 않은 것처럼 냉기가 감돌았다.

"냉장고는 잘 돌아가죠?" 김이 묻자, 여자는 콧방귀를

뀌며 피식거렸다. "냉장고요? 넣을 게 뭐 있어야죠." 김은 여자 말투와 표정에서 주방보다 더한 냉기를 느꼈다. "참, 아이는 어디 있죠?" 김이 문득 생각난 듯 물었다. 여자가 턱으로 작은방을 가리켰다. "아직 자나 봐요? 아이를 좀 봐도 될까요?"

그러자 여자가 벌떡 일어나 작은방 문을 확 열었다. 덩치 큰 사내아이가 홑이불을 둘둘 감고 맨바닥에 웅크리고 누워 있었다. 방문을 열어놓고 여자는 안방에 들어가버렸다. 김은 멀뚱히 서서 잠든 아이를 내려다보았다. 초여름이라도 시골집 방바닥은 냉골이었다. 침대는 고사하고 변변한 깔개 하나 없이 맨바닥에 누운 아이를 보니 제 팔뚝에 오스스 소름이 돋았다. 잠든 아이 주변에 빈 라면봉지와 부스러기가 흩어져 있었다.

대충 집안을 살핀 김은 안방문 앞에서 여자를 불러냈다. 여자에게 저소득층 대상으로 임대주택을 분양한다는 정보를 알려주고, 노인돌봄 대상자를 한 명 더 연결해줄까 하고 물었다. "어르신 한 분 더 케어할 수 있겠어요?" 그러자 "애들이랑 먹고살려면 뭐라도 해야죠" 했다. 김은 여자가 말하는 '애들'이 안방에서 짖어대는 믹스견 두 마리로 들렸다.

다음날 김은 퇴근길에 여자 집으로 향했다. 집에 있던 두툼한 삼단 매트리스와 설날 공무원노조에서 나눠준 극세사 이불을 차 뒷좌석에 실었다. 점심께 미리 여자에게 전화했는데 안 받아서 문자를 보냈다. 김이 마을 앞 서어나무에 닿도록 여자는 답을 하지 않았다. 김은 어제 그 자리에 주차했다. 저녁 무렵 햇발이 정자나무 위로 팽팽히 쏟아지고 있었다.

김은 차에서 내려 양손에 매트리스와 이불을 들고 여자 집으로 걸어갔다. 이불은 가벼웠으나 삼단 매트리스가 제법 무게가 있어 몸이 한쪽으로 기울었다. 그 집 마당에 들어가자 예상대로 개들이 맹렬히 짖기 시작했다. 개들을 잃어버릴까 여자가 잘 묶어놨을 것이다. 김은 거실 유리문을 두드리며 아이를 불렀다. 작은방 문이 열리고 아이가 거실로 나왔다.

종일 누워 있었는지 부스스한 머리에 웃통은 벗었다. 반바지인지 트렁크 팬티인지 구분 안 되는 하의가 보기 민망하게 구겨졌다. 김은 손짓으로 아이를 불러냈다. "엄마 안 계시니?" 아이가 고개를 끄덕였다. "이건 방바닥에 깔고 이건 덮고 자라." 매트리스와 이불을 받아든 아이가 고개를 숙였다. '엄마보다 낫네' 하고 김은 생각했다.

그 와중에도 묶인 개들은 그악스럽게 짖어댔다. "쟤들 이름 뭐니?" "이름이요? 몰라요." "네가 키우는 개 이름을 모른다고?" "제가 안 키워요." "넌 쟤들 싫어하니?" "싫은 건 아니에요. 엄마가 키우는 애들인걸요." 김은 아이 얼굴에서 짙은 그늘을 읽었다.

아이는 짖어대는 개를 달래려고 냉장고에서 닭고기와 쇠고기 캔 두 개를 꺼내 안방에 놓인 개밥그릇에 부어주었다. 아이가 냉장고를 열었을 때 김은 제 눈을 의심했다. 냉장실 한 칸 가득 애견 간식을 채워놨다. 문틈으로 안방을 들여다본 김은 다시금 눈이 휘둥그레졌다. 햇볕 잘 드는 넓은 방에 털 푹신한 강아지 방석 두 개가 놓여 있고, 색색의 공과 닭다리 모양 애견 장난감이 바닥에 굴러다녔다.

"넌 밥 먹었니?" 빈 캔을 들고 안방을 나오는 아이에게 김이 물었다. "라면 먹었어요." 거실 바닥에 뜯긴 라면봉지가 뒹굴었다. "또 생라면 먹은 거니?" 아이가 고개를 끄덕였다. 김은 아이 몸을 살폈다. 한쪽 장딴지에 할퀸 상처가 보였다. "여긴 어쩌다가 다쳤어?" "개한테 물렸어요." 아이는 얼굴을 붉히며 한 손으로 상처를 가렸다.

김은 주방 쪽으로 걸어갔다. 아이에게 뭐라도 먹일 게

있나 싱크대 주변을 살폈다. 쌀 한 톨 보이지 않았다. 그 때 현관문이 열리고 여자가 들어왔다. "어머, 웬일이세요?" 김을 본 여자 표정이 살짝 찌부러졌다. "이불하고 매트리스 가져다드린다고 연락드렸는데…." 김은 졸지에 불청객이 돼버렸다.

여자는 손에 든 장바구니를 소리나게 내려놓았다. 저녁거리를 사온 듯했다. "그럼 저는 이만 가볼게요." 김이 꾸벅 인사하고 나오는데 여자가 와락 안방 문을 열어 개를 풀었다. 순전히 의도적이었다. 순간 개 두 마리가 득달같이 김에게 덤벼들었다. 김은 괴성을 내지르며 신발도 꿰지 못하고 집 밖으로 도망쳤다.

조금 있으니 아이가 팬티 바람으로 따라나와 김에게 신발을 건네주었다. 신발을 받아든 김은 울컥 차올랐지만 참았다. 아이는 잠시 쭈볏쭈볏하다 현관문을 열고 집안으로 들어갔다. 그때 아이 한쪽 장딴지에 난 상처가 눈에 들어왔다. 거실 깨진 유리문 틈으로 여자가 개들을 어르는 소리가 들려왔다.

김은 차에 올라 시동을 켰다. 차를 타고 서어나무 아래를 지나는데 오래 전 개한테 엉덩이를 물렸을 때 각인된 통증이 떠올라 오스스 몸을 떨었다.

오늘도 까막고개를 넘는다

고갯길 양옆에 붉은 수크렁이 물결치며 흔들거린다. 저녁볕 내리쬐는 고갯길 주변 나무와 마른 수풀과 병풍처럼 펼쳐진 산 빛깔이 하루하루 짙붉다. 해발 400미터인 까막고개를 넘을 때마다 나경은 신경이 곤두섰다. 장딴지에 쥐가 나도록 액셀을 밟아보지만 그녈 닮아 힘아리가 없는 경차는 좀처럼 속도가 나지 않았다.

차들이 클랙슨을 울리며 그녀 옆을 빠르게 지나갈 때마다 채권자들에게 빚 독촉을 받을 때처럼 온몸이 움찔거렸다. 오늘이 지나면 이자 납기일이 이틀 남았다. 나경은 빠득빠득 다가오는 은행 이자라도 맞춰보려고 아픈 남편 대신 밀양을 오가고 있다. 상황을 이 지경으로 만들어놓은 남편은 지금 병원에 누워 있다. 그런 남편을 원망하다가도 혹시라도 영영 잘못되면 어쩌나 가슴이 철렁 내려앉았다.

남편이 쓰러진 건 보름 전이었다. 오후 네 시경, 점심 손님을 치르고 브레이크타임이었다. 주방에서 식재료를 꺼내던 남편이 호흡곤란을 호소하며 쓰러졌다. 구급차에 실려 가까운 병원으로 이송되었고 응급조치를 취한 후 내 학병원으로 옮겨졌다. 병명은 심장부정맥이었다. 부정맥 시술을 하고도 한동안 지켜봐야 했다. 결혼해서 지금껏 지지리도 운이 없더니 결국 저렇게 병상에 눕고 말았다.

— 밀양? 거기까지 가야 해?

— 그나마 제일 가까운 곳이 밀양점이야.

— 율채 치료는 어쩌고? 우리 당장 이사해야 하는 거야?

— 아니, 당분간은 나 혼자 가 있을게. 어느 정도 자리 잡으면 그때 옮기자.

6개월 전 남편은 요즘 한창 뜨는 낙동오리집 체인점을 열었다. 자연석 돌판에 생오리를 구워 특제양념에 찍어먹 는 평범한 요리인데 비법은 양념장에 있다. 남편 친구가 시작해서 대박을 터트렸다. 방송에서 오리고기 효능이 알 려지면서 낙동오리집은 이 지역 유명 맛집이 되었다. 남 편은 친구네 본점에서 한 달간 일을 배우면서 창업을 준

비했다. 이번만큼은 행운의 여신이 자기편이라며 의욕이
넘쳤다.

남편은 성질 더러운 마녀의 저주에 걸린 것처럼 하는
일마다 꼬였다. 첫 직장이던 전자회사를 나와 호프가게를
열었다가 일 년 만에 퇴직금을 털렸다. 그 뒤로도 시골 부
모님께 손 벌려서 음료수대리점을 열었다가 이내 부도를
맞았다. 그 바람에 분양받은 아파트마저 날렸다.

하나 있는 딸 율채까지 애를 먹였다. 어릴 때는 대수롭
지 않게 여겼던 말더듬이 학교에 들어가면서 심해졌다.
매주 언어심리치료센터에서 교정치료를 받고 있다. 남편
이 부쩍 돈, 돈 거리는 것도 율채 치료비 때문이었다. 연
달아 사업에 실패한 남편은 배달 아르바이트와 버스 운전
을 하면서 기회를 엿보다가 오리고기로 성공한 친구를 찾
아가 그 어렵다던 체인점을 받아냈다.

다행히 밀양점을 오픈하고 장사는 잘되었다. 하지만 워
낙에 없이 시작하다보니 은행 대출금 이자와 건물 임대료
내기에도 빠듯했다. 인건비 아낀다고 무리하다가 결국엔
이 사달이 나고 말았다. 남편이 쓰러지자 밀양점을 급매
로 내놓았다. 시설비와 권리금을 조금이라도 더 받으려면
가게가 나갈 때까지 문을 열어야 했다. 그녀 혼자서 가게

를 끌어가는 건 한계가 있었다. 점심 장사 마치고 재료 준비까지 다 해놓고 나경은 집이 있는 도시로 돌아온다. 저녁 장사는 주방이모와 그 남편이 맡아한다. 가게가 나갈 때까지만 그렇게 하자고 했다.

경차가 고갯마루에 다다랐을 때 엔진 타는 냄새가 났다. 갓길에 차를 세우고 시동을 껐다. 으스름 저녁 멀리 밀양천이 휘돌아 낙동강으로 이어지는 강줄기가 희미하게 실루엣으로 보였다. 그 반대편 내리막길은 겹겹이 산이었다. 더 어두워지기 전에 고개를 내려가야 해서 차 시동을 켰다. 구불구불한 고갯길을 내려오며 브레이크와 엑셀을 번갈아 밟았다.

어둠이 빠르게 내려앉고 있었다. 중간쯤 커브에서 나경은 순간적으로 브레이크를 밟았다. 반대쪽 갓길에 차 한 대가 세워져 있는 게 보였다. 흰 색 중형차였다. 도로에서 살짝 벗어난 갓길 수풀더미에 누군가 차를 세워놓았다. 문득 불길한 생각이 들었다. 나경은 속도를 최대한 줄이며 차 안을 살폈다. 어둠살에 차창이 새까매서 아무것도 보이지 않았다. 잠시 쉬어가려고 세웠을 거야. 나경은 혼잣말로 중얼거렸다. 불현듯 옆집에 맡겨놓은 율채와 병원에 누워 있을 남편이 떠올랐다. 나경은 경차 엑셀에 힘을 실었다.

　이튿날도 나경은 일찍 밀양으로 향했다. 까막고개가 가까워지자 어제 고개 중턱에서 보았던 흰 색 차가 떠올랐다. 아직도 그 자리에 있을까? 설마…, 갔겠지. 고갯길 중간쯤 올라 커브를 도는데 차가 그대로 있었다. 초가을이지만 아침저녁으로 기온 차가 컸다. 더군다나 해발 300고지는 한밤중이면 영하에 가까운 날씨였다.

　흰 차 옆을 지날 때 나경은 눈을 크게 뜨고 살폈다. 붉은 수크렁더미 깊숙이 차를 밀어넣어서 운전석이 거의 가려져 있었다. 무심코 지나쳐서 못 봤을 뿐 어제도, 그제도, 그끄제도 차가 거기 세워져 있었다는 생각이 들었다. 경찰서에 신고해야 하나. 나경은 갈등했다. 무턱대고 신고했다가 별일 아니면? 그러다가 문득 지금 자신이 남 걱정이나 하고 있을 형편인가 싶은 생각에 정신이 번쩍 들었다. 나경은 힘껏 엑셀을 밟아 그곳을 벗어났다.

　밀양점을 인수하려는 입질은 하루에도 몇 건씩 왔다. 문제는 인수금이었다. 가맹점비 제외하고 점포세와 시설비만 1억 들었다. 그것만은 건져야 은행 대출을 갚을 수 있다. 안 그러면 세 식구 길거리에 나앉을 판이었다. 남편

병원비와 율채 치료비는 나중에 생각하기로 했다.

— 어제 한 사람 왔다갔는데 팔천오백에 주면 바로 인수하겠대.

— 네에, 남편과 의논해볼게요.

— 사장님 건강이 먼저지. 율채엄마 매일 오고가는 것도 보통 일 아니고….

일찍 출근한 주방이모가 벌써 홀 청소를 마치고 테이블 수저통과 냅킨을 채우고 있었다. 남편 쓰러지고 주방이모가 아니었으면 가게는 진즉에 문을 닫았을 것이다. 주방이모는 밀양점을 오픈할 때부터 채용되어 가게를 도와주는 고마운 분이다. 나경은 주방이모가 가게를 인수했으면 하고 말했었다. 이모는 '내가 그만한 돈이 있으면 식당일하러 나오겠어?' 하고 피식 웃었다.

나경은 다른 날보다 일찍 가게를 나섰다. 율채 언어치료를 마치고 남편을 보러 병원에 가야 했다. 언어치료도 오늘이 마지막이었다. 더는 치료비를 댈 수 없었다. 남편 병원비만도 수백만 원으로 하루하루 쌓여갔다. 어떻게든 되겠지…. 막막함이 나경의 숨통을 조여왔다.

까막고개 정상에 오른 나경은 잠깐 한숨 돌리고 내리막 길로 차를 몰았다. 급경사 커브를 도는데 흰 차가 떠올랐다. 아직도 거기 있을까? 나경은 눈을 가늘게 뜨고 차가 세워진 곳을 바라봤다. 가을 오후 따가운 햇볕을 받으며 흰 차는 그 자리에 있었다.

나경은 브레이크를 힘주어 밟았다. 하지만 차문을 열고 흰 차에 다가갈 자신은 없었다. 몹쓸 상상이 머릿속을 마구 휘저었다. 운전석에 앉아 있을 남자, 심하게 부패했을 그의 살과 코를 찌르는 시취…. 나경은 운전대를 꽉 움켜잡았다.

— 지금 중단하는 건 치료를 아주 포기하는 거와 같은데….

언어치료를 중단하겠다고 말하자 일 년 가까이 율채를 치료해준 선생님이 걱정하며 말꼬리를 흐렸다. 율채를 옆집에 맡기고 나경은 바삐 병원으로 향했다. 중환자 병실에 누워 있는 남편을 짧게나마 만날 수 있었다. 하지만 가슴과 팔뚝에 주렁주렁 기계장치를 매달고 누운 남편에게 달리 해줄 말이 없었다.

— 가게는 걱정 말고 얼른 기운차려요.

남편은 눈곱 엉긴 눈꺼풀을 간신히 올려뜨고 나경을 바라봤다. 검은 망토의 성질 더러운 마녀가 남편과 굳건한

동맹을 맺은 것만 같았다.

간밤에 나경은 잠을 설쳤다. 자려고 누우면 무언가 가슴을 짓눌렀다. 그때마다 몸을 벌떡 일으켜 거실과 안방을 오갔다. 어렵게 잠이 들었다가도 악몽에 눈을 떴다. 그녀가 까막고개에 세워진 흰 차에 갇혀 있고, 운전석에 앉은 남자가 부패한 몰골로 그녀를 망연히 바라보는 끔찍한 꿈이었다.

다음날, 은행이자 납기일임을 알리는 문자를 확인하고 나경은 밀양으로 향했다. 까막고개를 오를 때 속도를 냈고 흰 차에는 눈길을 주지 않은 채 빠르게 지나쳤다. 가게에 도착하니 주방이모가 청소를 하고 있었다. 이모는 자기 가게인 양 테이블과 창틀까지 정성스레 박박 닦았다. 나경은 주방이모에게 체념하듯 말했다.

— 엊그제 왔다던 그 사람에게 연락하세요. 원하는 가격에 인수하시라고.

— 어머, 사장님이 그렇게 하시래요?

주방이모 얼굴이 함박꽃처럼 활짝 벌어졌다. 나경은 카운터에서 남편의 소지품을 정리했다. 그러는 동안 주방이모는 들뜬 목소리로 누군가와 통화를 했다.

— 오늘 중으로 사장님 통장에 계약금 넣는대요. 계약

서는 천천히 써요.

나경이 아랫입술을 깨물며 고개를 끄덕이고 가게에서 정리한 짐을 경차에 실었다. 짐이래야 고작 라면박스 두 개였다.

나경은 주방이모에게 인사하고 가게를 나왔다. 까막고개를 오르는데 경차가 몹시 힘들어했다. 엔진소리가 거칠고 타는 냄새도 심했다. 나경은 고갯마루에서 한참을 쉬었다. 다시 시동을 켜고 내리막으로 향하는데 흰 차가 떠올랐다. 아직도 그 자리에 있으면 오늘은 신고를 해야겠다고 마음먹었다.

고개중턱에서 커브를 돌며 나경의 시선은 갓길 수풀더미로 향했다. 흰 차는 보이지 않았다. 차가 있던 그 자리에 붉은 수크령이 일제히 만세를 부르며 흔들거렸다. 나경은 한 손으로 가슴을 쓸어내리며 터덜터덜 까막고개를 내려왔다.

너무도 슬픈 데칼코마니

"당신, 나랑 얘기 좀 해!"

아파트 현관에 들어서자 팔짱을 야무지게 낀 아내가 투우장 황소 마냥 콧김을 씩씩 뿜어낸다. 큰놈한테 또 뭔 일이 생겼구나 직감했다. 아내 표정으로 봐선 그냥 일이 아니었다.

"이거 봐! 내가 뭐랬어? 진작에 콘돔 사주라고 했잖아."

아내가 내민 건 임신테스트기였다.

"한 줄이네!"

아내에게 임신테스트기를 건네받아 붉은 줄 하나를 확인했다.

"그래서? 계속 이대로 둘 거야?"

"알았어. 이따 녀석 들어오면 앉혀놓고 얘기해볼게."

반항기 심한 큰놈에게 여자친구가 생긴 후로 고분고분해서 안심했는데 또 다른 복병이 생겼다. 눈치 빠른 아내가 콘돔을 사줘야 한다며 몇 달 전부터 잔소리했지만 새겨듣지 않았다.

나는 얼굴만 대충 씻고 저녁 밥상머리에서 소주를 마셨다. 술 없인 밥이 넘어가지 않아 매일 소주 한두 병을 반주로 마신다. 아들도 일찌감치 술과 담배를 시작했다. 아내는 그 또한 내 탓으로 몰아붙인다. 아내와 나는 대학에서 선후배로 만났다. 혼전임신에 발목잡혀 결혼한 아내는 아들이 점점 날 닮아간다며 몸서리쳤다. 식탁에 앉아 거실 TV에서 흘러나오는 뉴스를 듣다가 턱을 괸 채 깜박 잠이 들었을까.

현관문 열리는 소리에 눈을 떴다. 아들이 학원 마치고 들어오는 소리였다. 졸린 눈을 게슴츠레 뜨고 아들을 봤다. 키만 크고 삐쩍 말라 팔다리가 앙상한 게 영락없이 젊은 시절 내 모습이다. 아들은 꾸벅 고개를 숙이고 제 방으로 들어갔다. 나는 잠이 덜 깬 몸을 일으켜 비틀거리며 따라 들어갔다.

"밥은 먹었냐?"

"예."

"여자친군 잘 만나고?"

"예."

"걜 집에 데려왔었니? 네 방에서 임신테스트기가 나왔다는데…."

"그건 제가 알아서 할게요."

"뭘? 임신은 아니던데."

"그니깐요. 신경쓰지 마시라고요."

"이 새끼가…. 말뽄새가 뭐 이래? 다 알아서 한다는 놈이 그딴 걸 질질 흘리고 다녀?"

그때였다. 녀석이 머리를 모로 쳐들며 나를 노려봤다. 눈빛이 싸했다. 반항하는 아들 눈빛에서 살의를 느꼈다. 그 서늘하고 날카로운 눈빛이 쓱 내 몸을 베었다. 너무 놀라 나도 모르게 주먹이 올라갔다. 녀석은 한 손으로 얼굴을 감싼 채 뛰쳐나갔다. 다시는 손찌검을 안 하겠다던 맹세가 무너졌다.

"당신, 미쳤어!"

아내가 소리치며 안방에서 나왔다. 아내는 아들을 찾아 밖으로 뛰어나갔고 한참 뒤에 혼자 들어왔다. 자정을 넘긴 시각에 아들의 여자친구에게서 연락이 왔다. 그 아이는 아들이 자살을 예고하는 문자를 보냈다며 울먹거렸다.

아들 전화기는 다음 날까지도 꺼져 있다.

아내는 나의 무자비함을 원망한다. 무자비함이라…. 내 아버지도 그랬다. 그로부터 수십 년이 지났건만 여태 아물지 않은 상처들이 스멀스멀 올라왔다. 아버지의 폭력과 멸시에 시달리다 죽은 둘째 형의 그림자도….

형은 왜 그랬을까. 어려서부터 작은형은 말수 없고 지독스레 고집이 셌다. 가라는 학교는 가지 않고 남의 농작물에 손대기 일쑤였다. 일찍 술을 마셨고 아버지 담배에도 손을 댔다. 아버지에게 걸려서 죽지 않을 만큼 처맞아도 소용이 없었다. 짐승도 주인의 매질에 겁을 먹는데 작은형은 바위처럼 아버지에게 대응했다. 아버지가 돌아가시고 형은 더욱 망나니가 돼갔다.

읍내 벽돌공장에 취직한 작은형은 소처럼 일해서 번 돈을 술로 다 써버렸다. 월급 받은 날로부터 일주일은 소식을 끊었다가 거의 시체가 되어서야 집에 왔다. 새까맣게 타들어가는 얼굴로 기어들어오거나 누군가에게 업혀 들어와 사나흘 미음으로 살아났다. 그러다 움직일 만하면 다시 공장에 갔다. 힘세고 일을 잘해서 사장이 매번 다시 써주었다. 이번엔 아버지 대신인 맏형이 작은형을 때렸다. 작은형은 맏형의 매질을 견디지 못하고 아주 집을 나가버렸다.

2년 정도 지났을까. 충북 괴산에서 연락이 왔다. 형이 어떻게 거기까지 가게 됐는지 몰라도 사과농장에서 머슴을 살고 있었다. 잘 있다는 글과 사과 한 상자와 돈 몇 푼을 부쳐왔다. 농장주인이 보낸 것이었다. 대학에 다니던 나는 여름방학에 형을 찾아갔다. 골짜기도 그런 골짜기가 있을까 싶었다. 물어물어 찾아간 그곳에 작은형이 있었다. 형은 나를 보고 아무 말도 하지 않았다. 멀찍이서 싱긋이 웃어보이고는 바로 과수원으로 터덕터덕 걸어갔다. 나는 농장 주인이 차려주는 점심상을 비우고 형을 잘 부탁드린다는 말을 전하고 그 길을 되돌아 나왔다.

다시 2년이 지나고 내가 행정고시에 합격한 그해, 작은형이 죽었다는 연락을 받았다. 음독이었다. 간경화로 복수가 차오르자 고통을 견디지 못해 목숨을 끊은 거라고 농장주인이 전했다. 나 혼자 괴산에 찾아가서 형의 유골을 받았고 돌아오는 길에 이름도 모르는 강에 뿌렸다.

"지금 술이 넘어가? 술이 넘어가냐고!"

하루가 지나도록 아들이 들어오지 않자 아내는 고래고

래 소릴 질렀다. 결단코 나를 용서하지 않겠다는 단호함이 아내 표정에 담겨 있다. 아들이 중학생일 때 담배를 훔친 걸 알고 처음으로 손찌검을 했다. 잘못했다고 빌었다면 넘어갔을 일인데 아들은 입을 다물고 맞섰다.

그날 나는 아들에게서 죽은 작은형을 보았다. 아내가 말리지 않았다면 돌이킬 수 없는 짓을 저질렀을지도 모른다. 아들은 내 주먹질에 넘어지면서 갈비뼈에 금이 가고 고막이 터졌다. 천만다행으로 청력을 잃진 않았다. 그 일로 아들과 나 사이에 보이지 않는 벽이 생겼다.

그날 나는 무자비한 아버지와 맏형을 나에게서 보았다. 죽어도 닮고 싶지 않았던 그들의 모습을…. 너무도 슬픈 대물림이었다. 아내는 두 번 다시 폭력을 쓰면 그땐 이혼이라며 비장하게 말했다. 아내가 이혼을 입 밖으로 꺼낸 건 처음이어서 그 말의 무게감이 얼마나 큰지 잘 안다.

지금 아내는 아들 걱정에 온 신경이 곤두섰다. 내가 한없이 밉고 원망스러울 거다. 그녀에게 감당키 힘든 절망과 상처를 준 내가 나도 싫다. 등을 돌려 앉은 아내의 한숨이 내 숨통을 조인다.

하지만 아내는 알까. 지난 밤에 나는 이미 죽은 몸이라는 걸. 아들이 시퍼렇게 날이 선 눈빛으로 내 목을 뎅겅 베고 내 심장을 푹푹 찌르고 이 집을 나갔다는 걸 아내가 알 리 없다. 아비를 죽인 아들은 몹시 자책하며 어딘가에 떨고 있을 거다.

　'괜찮다, 괜찮다, 널 용서하마.'

　곧 아들은 돌아올 것이다.

양귀비꽃 울엄마

"서해해양경찰청 수사과 ○○○경위입니다. 모친께서 마약류관리법 위반으로 조사 중입니다."

무심코 통화 버튼을 누른 순영은 흔한 보이스피싱이라 직감하고 전화를 끊어버렸다. 잠시 후 같은 번호로 다시 전화가 왔다. 순영은 고향 지역번호가 앞에 붙은 걸 확인하곤 속는 셈 치고 통화 버튼을 눌렀다.

"김순영 씨죠? 모친이 집안에서 양귀비를 재배하다 적발되셨습니다. 모친 연세가 많아 경찰서 방문이 어려우니 따님이 대신 오셔야겠습니다."

아흔 살 먹은 엄마가 양귀비 불법 재배라니, 순영은 믿기지 않았다. 지병으로 거동이 불편한 엄마는 3년 전 짓던 농사를 다 놓았다. 마당 귀퉁이 남새밭에서 나는 상추 몇 잎이나 겨우 뜯어먹는 엄마가 무슨 수로 양귀비를 기른단 말인가. 순영은 엄마에게 전화를 걸었다. 귀가 어두운 엄마는 벨이 한참 울리고서야 전화를 받았다.

"엄마, 집에다 양귀비 키웠어?"

"뭐라고? 잘 안 들려야."

"방금 경찰서에서 전화 왔어. 엄마가 양귀비를 키웠대."

"무신 소린지 항 개도 모르겠다."

언제부터인가 엄마는 듣기 싫은 소리는 안 들린다고 우겼다.

엄마는 고향집 마당 가장자리나 담벼락 아래 옹기종기 화분을 모아놓고 온갖 꽃을 키워왔다. 채송화, 맨드라미, 패랭이, 금낭화, 꽃잔디, 백일홍…. 눈앞에 떠오르는 꽃만도 열 손가락이 부족하다. 부러 키운다기보다는 저절로 자라는 것들이다. 순영은 엄마 화단에서 양귀비꽃을 본 적이 없다. 어쩌다 양귀비 씨앗이 바람에 날아들었을 거고, 그걸 또 관상용 개양귀비려니 두었다가 이런 사달이 났을 거라고 생각을 한 곳으로 내몰았다.

'양귀비를 재배하다 적발되면 5년 이하의 징역이나 5천만 원 이하의 벌금에 처해진다'는 문구를 검색하고서야 순영은 사안의 심각성을 깨달았다. 순영은 회사에 휴가를 내고 고향집으로 향했다.

　순영의 고향은 하루에 한 번 여객선이 다니는 외딴섬이
다. 나날이 섬에 사람이 줄어 지금은 그마저 끊길 위기다.
예나 지금이나 섬은 사람이 살기에 척박하다. 병원은커녕
변변한 약국조차 없는 섬에서 갑작스레 아프기라도 하면
큰일이었다. 골든타임을 놓쳐 목숨을 잃는 일이 다반사였
다. 그런 이유로 섬사람들은 양귀비를 몰래 재배했다. 양
귀비가 신경통, 복통, 설사에 효과가 있어 상비약처럼 써
왔다.

　순영은 양귀비 달인 물맛을 잊을 수 없다. 어느 겨울밤
이었다. 순영은 원인을 알 수 없는 배앓이로 데굴데굴 굴
렀다. 문밖에는 눈보라가 몰아쳐 한 치 앞도 나갈 수 없는
상황이었다. 고열에 창자가 뒤틀리는 통증을 속수무책으
로 참아야 했다. 밤이 깊도록 통증이 계속되자 엄마가 조
용히 부엌으로 나갔다. 엄마는 시렁 깊숙이 넣어둔 무언
가를 꺼냈다. 누렇게 바랜 문종이에 둘둘 말린 그것은 바
짝 말린 풀이었다.

　엄마는 끓는 물에 몇 가닥 마른 풀을 넣어 달였고 그걸
식혀 순영에게 먹였다. 쌉싸름한 그 물을 꿀꺽꿀꺽 들이

컨 순영은 이내 깊은 잠에 빠졌고 아침에 눈을 떴을 때 거짓말처럼 통증이 사라졌다.

또 한번은 순영이 열 살 무렵이었다. 한쪽 사타구니에 종기가 생겨 차츰 커지더니 주먹만큼 부어올랐다. 결국 걸을 수 없게 되자 엄마는 순영을 업고 동네 산파에게 데려갔다. 엄마와 막내고모가 순영의 팔다리를 꽉 붙들고 있는 동안 백발의 산파는 숫돌에 쓱쓱 간 칼날을 불에 소독한 후 종기를 도려냈다. 살점을 도려내는 끔찍한 통증에 순영은 까무룩 자물쳤다. 그날의 기억 끝에도 쌉싸래함이 혀끝에 남아 있다.

순영은 서해해양경찰청에서 사건의 전후를 들었다. 양귀비꽃이 피는 5월부터 7월이 특별단속기간이란다. 단속반이 섬에 들어갔을 때 엄마 집 뒤꼍에 활짝 핀 양귀비꽃이 바람에 하늘하늘 흔들렸다. 그 옆에 엄마가 흐뭇한 표정으로 꽃을 바라보고 있었단다. 이번이 처음 적발이고 고작 12주만 발각되어 다행히 훈방 조치로 마무리되었다. 다시는 양귀비를 재배하지 않겠다는 각서를 엄마를 대신해서 순영이 썼다.

경찰 조사를 마친 순영은 고향집에 들렀다. 집 대문 안에 들어섰을 때 엄마가 마당 가 화단에 멍하니 앉아 있었다. 분홍 주머니 닮은 금낭화와 붉고 노란 백일홍이 화단에 가득 피어 있다. 순영을 본 엄마 얼굴이 함박꽃으로 피었다.

"엄마, 다신 양귀비 키우면 안 돼. 또 그랬다간 형사가 잡아가."

"아야, 밥 먹자. 반찬이 없는데 뭘 먹냐?"

엄마가 또 딴소리를 한다. 듣기 싫다는 거다. 순영은 엄마와 저녁밥을 먹고 나란히 잠자리에 누웠다.

"엄마, 내가 병치레가 심해서 키우느라 힘들었재?"

"그래, 그랬재."

"고마워, 엄마….."

순영의 말이 채 끝나기도 전에 다르랑다르랑 엄마의 코고는 소리 들렸다.

아흔인 엄마를 외딴섬에 홀로 두어 순영은 늘 마음이 편치 않다. 순영이 자기 집으로 모신다고 해도 엄마가 완강히 거절한다. 평생을 살아온 이 집이 편하단다. 하긴 딸집에 얹혀살며 사위 눈치보는 것보다는 이 집이 편할 게다. 늙으면 안 아픈 데가 없다는데 엄마는 고맙게도 아직까진 크게 아프다는 소리 안 하고 용케 잘 지낸다. 아니,

잘 지내는 듯 보인다.

저녁을 짜게 먹었는지 갈증이 일었다. 냉장고를 열자 음료 칸에 2리터 생수병이 여러 개 들어 있다. 엄마가 보리차 끓인 물을 생수병에 담아 줄줄이 넣어놓았다. 섬은 식수에 소금기가 배어 있어 그냥 마시면 건건하고 맛이 없어 항상 물을 끓어 먹었다.

순영은 물병을 입에 대고 벌컥벌컥 들이켰다. 가만, 물맛 끝이 어째 좀 쌉싸름하다. 어딘지 익숙한 맛이다. 순영은 손에 든 물병과 잠든 엄마를 번갈아보다 가슴이 철렁했다. 오래 전 배앓이하던 겨울밤과 생살을 찢고 종기를 도려내던 그날의 기억 끝에 남았던 그 쌉싸래한 맛이 떠올랐다.

순영의 고질병인 불면증이 고향에만 오면 신기하게 사라지는 이유가 엄마의 따신 품과 고향이 주는 편안함이라고 믿었다. 그냥 그렇게 믿고 싶어졌다. 순영은 몰려드는 졸음을 이기지 못하고 엄마 옆에 쓰러지듯 누웠다. 엄마의 코 고는 소리 나른하게 들려온다.

Part 6
저 눈깔을 확 그냥

저 눈깔을 확 그냥

뒷집 어미소 울음소리가 오늘 따라 잦다. 낮에 사료 주
러 갔을 때도 사료통에는 도통 눈길을 주지 않고 불룩한
배로 소마구를 빙빙 도는 게 어딘가 불편해 보였다. 새끼
를 낳으려고 저러나 싶었다. 소 주인 순득이는 한 달 가까
이 병원에 가 있다. 무릎 연골이 다 닳아서 인공관절로 갈
아끼우는 수술을 받으러 갔다.

서해 외딴섬 갈도에 여든 살 포덕녀와 일흔셋 순득이
둘만 남았다. 한때는 이 섬에 이백 명이 족히 모여 살았
다. 아이들은 자라기 바쁘게 도시로 나가고 어른들은 늙
거나 병들어 세상을 떠났다. 갈도에 홀로 사는 포덕녀 걱
정에 자식들은 도시로 나오라며 언제부터 성화였다. 여길
나가서 어떻게 산다냐. 갑갑해서 못 산다. 나는 하루도 못

산다. 서울 큰아들네 아파트 24층 베란다에서 내려다본 희뿌연 도시를 떠올릴 때마다 포덕녀는 숨이 가빠오고 멀미가 났다.

그나마 순득이가 지척에 있어 서로 의지가 되다가 여름내 마늘 캐고 양파 뽑더니 순득이 무릎이 고장나버렸다. 순득이는 수술받으러 가는 그날도 배가 불러오는 어미 소 걱정에 절룩이는 걸음을 몇 번이나 멈췄다. 어여 가서 다리부터 고치고 와야. 소는 내가 봐줄 거니께. 그렇게 순득이를 안심시켜 병원에 보냈다. 포덕녀는 매일 소마구에 가서 사료를 주고 물도 주며 들여다봤다.

저녁나절에 순득이네 소가 새끼를 낳았다. 어미 소가 탯물을 핥아주자 새끼가 비틀거리며 일어섰다. 용케도 송아지는 건강했다. 오미, 수고했다. 참말로 잘했다! 포덕녀말을 알아듣는지 어미 소 커다란 눈에 물기가 그렁했다. 소는 영물이라고 어느 땐 사람보다 믿음이 갔다.

새끼 난 어미 소를 두고 올 수 없었다. 쌀겨 듬뿍 넣어 소죽을 한 솥 끓였다. 김이 풀풀 나는 소죽을 퍼서 여물통에 담아주니 우적우적 먹었다. 어미 소 다리 사이에서 새끼 소가 젖을 빨았다. 순득이가 이걸 보면 얼마나 좋아

할꼬. 포덕녀는 병원에 누워 있을 순득이에게 소식을 전하려고 주머니를 뒤적였다. 아뿔싸! 전화기를 집에 두고 왔다.

포덕녀는 어둑어둑한 골목을 걸어 집으로 향했다. 굽은 허리를 두드리며 집안에 들어서던 포덕녀는 처마 귀퉁이에 매달린 시꺼멓고 똥그란 물건을 올려다봤다. 아그들이 또 얼매나 전화를 했꼬! 끄응끙 소리내며 안방에 들어가 불을 켜고 충전기에 꽂힌 전화기를 열었다.

그럼 그렇지! 부재 중 전화가 수십 통이다. 이윽고 요란스럽게 전화벨이 울렸다. 엄마아! 어딜 갔었어? 전화기 꼭 들고 다니랬잖아! 큰딸이 악을 써댔다. 꼴이 그게 뭔데? 큰딸 말에 거울을 보니 머리는 부스스하고 옷에 검불이 붙어 있다. 얼굴과 손등에 숯검댕이도 묻었다. 순득이네 소가 새끼를 낳았어야. 소죽 한 솥 끓여준다고…. 엄마가 지금 남의 소 새끼 받을 나이야? 내가 못 살아 정말!

큰딸 전화에 이어 큰아들, 셋째, 막내까지 차례로 전화해서 한마디씩 해댔다. 지청구를 하도 많이 들어서 배고픈 것도 잠시 잊었다. 너그들 걱정시켜 미안하다. 풀이 죽은 포덕녀는 안방 천장에 붙은 시커멓고 똥그란 눈깔을 쳐다보며 말했다. 시시티브이라는 시커먼 눈깔이 포덕녀를 호통치듯 내려다봤다.

시시티브이는 안방 천장에도 달렸고 앞마당이 훤히 보이는 처마 귀퉁이, 뒷마당 처마에도 달려 있다. 자식들은 포덕녀가 잘 다니는 곳에 시시티비를 달아놓고 매일 살폈다. 포덕녀가 뭘 먹는지, 아픈 데는 없는지, 잠은 잘 자는지, 누가 집에 다녀가는지 다 보고 있다.

지난 설날이었다. 포덕녀가 끝내 갈도를 나오지 않겠다고 고집 피우자 큰딸이 시시티브이를 달자고 했다. 포덕녀는 쓸데없는 돈을 쓴다고 막았다. 암만 자식들이래도 24시간 내내 자신을 동물원 원숭이처럼 들여다보는 것도 내키지 않았다.

그러다가 올 봄에 순길네가 참깨밭에 엎어져 죽었다. 혼자 참깨밭을 매다가 쓰러졌는데 아무도 몰랐다. 다음날이 되어서 발견했을 때는 이미 숨을 거둔 뒤였다. 일어나려고 얼마나 용을 썼으면 손톱 밑에 흙이 잔뜩 끼고 퉁퉁 부은 팔뚝은 성한 데 없게 멍이 시퍼랬다. 금이야 옥이야 자랑하던 외아들 순길은 어미가 숨을 거둔 밭고랑에 주저앉아 목놓아 울며 가슴을 쥐어뜯었다. 그 모습에 포덕녀는 순순히 시시티브이를 받아들였다.

울 엄마, 오늘 참 곱네! 염색하더니 새색시가 됐네. 파주 사는 셋째가 자주 전화로 안부를 물었다. 마흔 넘어 결혼한 셋째는 늦게 쌍둥이를 낳았다. 꼬물꼬물한 것들이 노래도 잘하고 춤도 잘 췄다. 궁둥이를 요리조리 흔들고 춤을 추고 나서 할무니, 사랑해요. 합창하면 포덕녀 얼굴에 자글자글 진 주름이 화르르 퍼졌다. 쌍둥이 어릴 때는 명절과 제사, 생일에 잘도 내려오더니 유치원 다니고 학교 들어가면서는 얼굴 보기가 어렵다. 전화기 너머로 할무니, 사랑해요! 합창하지만 어디 가까이서 얼굴 보는 것만 할까.

서울 사는 큰아들은 새로 가게를 꾸려가느라 쉬는 날도 없이 바쁘단다. 큰 회사에 다니다가 나와서 휴대폰대리점과 치킨집을 열었는데 이내 문을 닫고 지금은 대학교 근처에 카페를 차렸다. 가게 얻을 돈이 모자랄 땐 뻔질나게 찾아오더니 전답 팔아 다 가져가자 발길이 뜸했다. 부부가 같이 일한다고 올 설에도 내려오지 않았고 작년 추석에는 포덕녀가 서울로 올라갔었다.

똑똑한 큰딸은 부산에서 선생질하고 막내딸은 시청공무원이다. 다들 저 살기 바쁜데 팔순 노모가 짐짝처럼 섬에서 버티고 있으니 여간 신경이 쓰일 것이다. 포덕녀는 지금 죽어도 여한이 없다고 버릇처럼 말하지만 죽는 게 어디 말처럼 쉬운가 말이다.

엄마! 오늘 엄청 춥대. 문갑 서랍에서 누비조끼 꺼내 입어. 전화기 꼭 들고 다니고. 잠깐! 스카프도 둘러야지. 또 순득이네 갈 거야? 대체 순득이 엄만 언제 퇴원한내? 큰딸은 오늘도 시시티브이를 들여다보며 폭풍 잔소리를 늘어놓는다. 포덕녀는 쪽마루에 걸터앉아 까맣고 똥그란 눈깔을 올려다보다가 생각에 잠겼다.

가만, 저거였나? 처마에서 벽을 타고 내려온 전기선이 기둥 콘센트에 꽂혀 있다. 엄마, 저거 뽑으면 절대 안 돼! 큰딸이 신신당부했었다. 저 코드를 뽑으면 시커먼 저 눈깔이 꺼진다고 했다. 너그는 천날만날 나를 보며 잔소리질해서 얼마나 좋으냐! 나도 너그들이 너무너무 보고잡아야. 포덕녀는 알 수 없는 표정을 지으며 코드를 확 뽑아버렸다.

그때였다. 음머 음머 뒷집 소 울음소리가 울담을 넘어왔다. 젖먹이 어미 소가 배고프다고 포덕녀를 부른다. 붉은 빛 연한 털을 날리며 팔짝팔짝 뛰어다니는 송아지가 눈에 아른거렸다. 포덕녀는 누비조끼 단추를 마저 꿰면서

댓돌을 내려왔다. 양철대문을 열고 나서는데 전화벨이 돼지 멱따듯 째랑째랑 울려댔다. 포덕녀는 조끼 주머니에 든 전화기를 마루에 휙 던져버렸다.

老맨스? 老망스!

화자는 가슴이 벌렁거리고 분이 머리 꼭뒤까지 차올라 냉장고에서 물병을 꺼내 벌컥벌컥 들이켰다. '저런 저, 미친놈이…. 에라이, 쌍놈의 자슥….' 마구 욕을 쏟으려다가 제 입만 더러워질 거라 참았다. 좁은 동네에 소문이라도 나면 여자인 화자 저만 남우세이고, 천하에 낯짝 두껍고 뻔뻔하기 이를 데 없는 저이는 실실 웃어넘기려고 들 거다.

다저녁에 용택이 스쿠터 꽁지를 탈탈거리며 화자를 따라 마당으로 들어올 때부터 뭔가 께름칙했다. 용택이 스쿠터 안장을 젖히더니 안에서 까만 봉지를 꺼내 화자에게 내밀었다.

"그게 뭐이다요?" 화자가 손을 뒤로 빼며 묻자 "뭣이긴,

까까지!" 용택이 누런 이빨을 드러내면서 능글맞게 웃었다. 화자는 온몸에 오소소 소름이 돋아 뒷걸음쳤다. "안 먹어요. 가져가요!" 화자는 소리를 꽥 지르곤 되똥거리며 집 안으로 들어와버렸다. 용택은 쉬이 물러나지 않고 마루에 걸터앉아 뻑뻑 담배를 태우며 '화자야, 화자야,' 불러댔다.

"과솔에서는 화자가 젤로 곱재! 안죽도 고와." 놀리듯 소리친다. 화자는 방에 불도 켜지 않고 숨을 죽인 채 용택이 돌아가길 기다렸다. 말 많은 동네에 추잡스런 소문이라도 돌까, 가슴 졸이면서. 조금 있으려니 스쿠터 시동 거는 소리가 들리고 용택이 마당을 나가는지 소리가 멀어졌다. 그제야 화자는 가슴을 쓸어내리며 한숨을 돌렸다.

바람기 다분한 용택은 아내가 지병으로 세상을 뜨자 기다렸다는 듯 젊은 여자와 살림을 차렸다. 만나도 하필 여우 같은 걸 만나 대처에 방을 얻어주고 쥐새끼처럼 거길 들락거리며 돈푼깨나 날렸다. 막장에는 닭 쫓던 개꼴이 되어 온 동네 사람들 입방아에 지금껏 오르내린다. 이제는 정신 차릴 때도 됐는데 아직도 여자만 보면 찝쩍거린다. 숟가락 들 힘만 있어도, 문지방 넘어갈 힘만 있어도 남자는 그 생각뿐이라는데 나이 팔십 넘어서도 저러고 다니는 게 꼴사납게만 보였다.

화자가 과솔마을에 시집왔을 때가 열여덟이었다. 이웃해 살던 용택은 남편과는 형님, 동생 하면서 가깝게 지내는 사이였다. 그때도 용택이 은근슬쩍 화자에게 추파를 던지곤 했다. 화자뿐 아니라 치마 두른 여자만 보면 발정난 개처럼 껄떡댔다. 한때 100호 남짓이던 큰 마을이 지금은 거반 넘게 빈집이다. 그 많던 사람들 다 떠나고 할망구들만 빈집에서 성주신이 되어간다.

'과솔에서 화자가 젤로 고와!'

용택이 문밖에서 지껄이던 말이 화자 귓전을 맴돈다. 어둑한 거실에 쭈그려 있던 화자는 불을 켜고 거울 앞에 다가앉아 본다. 남편을 먼저 떠나보낸 지 어언 이십 년이 되었다. 열여덟 곱던 얼굴이 무심한 세월에 우그렁쭈그렁 밤송이가 돼버렸다. 늙어서 예쁜 건 호박뿐이라고, 화자는 이제 거울 보는 게 두렵다. '오래도 살았지, 너무 오래 살았어!' 화자는 탄식처럼 중얼거렸다.

폭염특보에 마을마다 경로당이 무더위 쉼터로 지정되었다. 나랏돈으로 에어컨을 빵빵하게 틀어주고, 점심으로 백숙이며 수육에 보양식이 나온다. 간간이 수박이랑 복숭아도 주고 아이스크림을 냉동실에 꽉 채워놨다. 할망구들은 눈 뜨면 보행차를 밀고 경로당으로 모여든다. 화자도 매일 경로당 가는 게 최고 낙이다.

할망구끼리 둘러앉아 십 원짜리 화투를 치고 드라마 보면서 욕도 실컷 해대고 서느런 왕대자리에서 뒹굴뒹굴 놀다가 해거름에 집으로 온다. 딱 하나 거슬리는 게 있다면 용택이 그 인간도 경로당에서 죽치고 산다는 거다. 마을에 몇 안 남은 남자 중 젤로 팔팔한 용택이 경로당에서 설쳐대는 꼴이 눈꼴시어 볼 수가 없다. 나이를 거꾸로 먹는 건지 날이 갈수록 하는 짓이 꼴같잖다. 자긴 곧 죽어도 등글개첩은 있어야 한단다. 기도 안 찬다.

이튿날 아침에 화자는 찬물로 대충 낯을 씻고 화장대 앞에 앉았다. 딸이 사다준 화장품이 보얗게 먼지를 뒤집어썼다. 화자도 젊을 적엔 꽤나 모양을 냈다. 무명실을 꼬아 양손에 쥐고 이마 잔털 정리를 하고 성냥개비를 그을려서 눈썹을 올리기도 했다. 그랬는데 언제부턴가 하나둘 주름이 보이다가 이내 깊게 고랑을 만들고 그 수가 늘어나면서 자연 거울을 멀리하게 되었다.

화자는 모처럼 얼굴에 분첩을 두드려본다. 거칠고 버석

한 피부에 분이 먹지 않고 겉돈다. 분을 칠수록 거무튀튀한 잡티와 검버섯이 더 드러났다. 연분홍 루주를 입술에 바르는데 불현듯 죽은 남편이 떠올랐다. 곱게 화장한 화자를 바라보던 남편 눈에선 꿀이 뚝뚝 떨어지곤 했다. 거울을 바라보던 화자 눈시울이 붉어진다. '에잇, 개똥에 분 칠이여!' 화자는 휴지를 뽑아 얼굴을 쓱쓱 닦아버렸다.

집을 나온 화자는 경로당으로 향했다. 나지막한 돌담끼리 어깨를 맞댄 좁은 골목길을 돌아 한길로 나가면 너른 공터가 보이고 공터 모퉁이에 선 느티나무 그늘 밑에 경로당이 자리한다. 일찌거니 모인 할망구들 웃음소리가 경로당 밖으로 튀어나왔다. 화자가 안에 들어서는 줄도 모르고 할망구들 눈이 일제히 한 곳으로 향해 있다. 화자도 그곳을 바라봤다. 백바지에 색깔 알록달록한 셔츠, 중절모를 쓰고 한껏 멋을 낸 용택이 할망구들 앞에서 신나게 떠들어대고 있다.

"내가 지를 잡아먹을까, 눈을 요래 내리뜨고 아이, 안 먹어요, 가져가요! 이러잖아…." 그 말에 할망구들이 손뼉을 쳐대며 깔깔깔 넘어간다. 가만 듣자니 용택이 어제 화자에게 한 짓을 제 입으로 터는 게 아닌가. 화자는 어이가 없고 부아가 치밀어서 한마디 쏘아붙이려다가 참았다. 그랬다간 용택이 저 인간이랑 같은 취급을 당할 거라 바로 그곳을 나와버렸다. 씩씩거리며 집에 온 화자는 한동안 경로당에도 가지 않았다.

그 일이 있고 달포쯤 지난 어느 날이었다. 화자는 딸네 집에 가려고 이른 시각에 택시를 불렀다. 택시를 타려고 마을 공터로 걸어가다가 길갓집인 애자네서 용택이 스쿠터를 타고 나오는 걸 보았다. 새벽 어스름에 용택이 애자 집에서 나온다는 건 둘이서 밤을 보냈다는 거다. 애자 남편은 아직 살아 있다. 재작년 겨울 애자 남편은 치매기가 심해 요양병원으로 옮겨갔다. 애자가 노망나지 않고서야 남편이 멀쩡히 살아 있는데 저게 할 짓인가! 화자는 멀어지는 스쿠터와 애자네 집을 번갈아보며 고개를 절레절레 저었다.

애자가 화자보다 한참은 젊어도 생긴 걸 봐선 결코 그럴 리 없다. 키는 난쟁이 똥자루만 하지, 얼굴은 빵떡이고 이목구비 자유분방한 애자를 눈 높은 용택이 여자로 볼 리 없다. 그러면서도 뭔가 싸한 느낌이 왔다.

"야, 애자 고것이 요새 좀 수상타니까. 조선 멋은 다 내고 배실배실 웃고 댕기면서 아주 살판났어야." 경로당에서 고스톱 칠 때 누군가 웃으라고 한 소린데 이제 와서 보니 그 말이 맞았다. 맥없이 화자를 찾아와서 성님, 성님, 하고 살갑게 굴질 않나, 장날마다 읍내에서 양손 가득 반찬거리를 사다 나르는 것도 어쩐지 수상했다.

이제야 확실해졌다. 애자가 용택이 그 인간 등글개첩으로 간택된 거였다. 화자는 차마 못 볼 꼴을 본 것처럼 애자네를 향해 침을 퉤퉤 뱉고 치맛자락 휘잡고는 택시를 향해 걸었다.

옛날의 그 집

그 집 대문 한 짝은 떨어져 나가고 남은 한 짝만 삐딱하게 매달려 있다.

대문 앞 돌계단은 처참히 무너지고 계단으로 이어진 흙담에 칡넝쿨과 환삼덩굴이 경쟁하듯 무성히 벋어 있다. 대문 안으로 들어서니 긴 장마를 이겨낸 풀들이 마당 가득 들어차 두 팔 벌려 승전고를 부르는 중이었다.

"요래 뵈도 쪼매만 손보면 쓸 만할 낍니더. 여가 이 동리서 질로 한갓지가 참말로 조용하지예."

집을 소개해준 노인이 유란의 눈치를 살피며 은근 부추긴다. 하긴 공으로 얻는 집이니 유란이 뭐라 불평할 처지도 아니었다. 며칠째 빈집을 찾아다니며 비바람 막아줄 헛간 한 칸만 있어도 좋을 거라던 그녀였다.

"여가 성주 이씨 제실이라예. 이씨 문중 남자들이 글도 읽고 제사도 지내던 덴데, 인자 다 떠나고 이래 됐심더. 집안 여자들은 함부로 출입 모하고 음식을 이고 와가 저 짝 다리 앞에다 내려주고 갔지예."

등 굽은 소나무가 마을을 지킨다고 바짝 마르고 허리 굽은 노인이 유일하게 이 마을에 남은 문중 후손이라 했다. 작년까지 노인의 아내가 이 집을 오가며 돌보다가 병으로 몸져눕자 집이 걷잡을 수 없게 묵어버렸다. 집 뒤에 둘러친 대나무가 세력을 넓혀 마당까지 뿌리를 뻗고 마루를 뚫고 올라왔다. 때마침 유란이 빈집을 구하러 이 마을에 들렀다가 노인을 만났다.

"고마 이 집에서 살고 싶은 만큼 살아도 됩니더."

노인은 유란을 대문 안으로 꾸역꾸역 밀어넣었다. 그렇게 유란은 그 집에 살게 되었다.

그 집을 치우느라 꼬박 이레가 걸렸다. 집을 에워싼 대나무를 쳐내고 칡넝쿨을 걷어내니 나지막한 돌담과 텃밭이 드러났다. 푹 꺼진 구들을 모래와 시멘트로 메우고 바람 술술 들어오는 흙벽도 수선했다. 부서진 마루에 판자를 덧대고 부뚜막은 황토로 모양을 잡아 솥단지를 걸었다. 아궁이에 불을 넣었더니 굴뚝에 연기가 솔솔 피어올랐다.

마지막으로 방 두 개에 도배지를 바르고 장판을 깔았다. 찢어지고 누렇게 색 바랜 문살 창호지를 떼어내고 미농지를 바르고 문고리 옆에 나뭇잎과 꽃잎을 눌러붙여 장식했더니 집이 다 환해졌다.

팔월 지나 처서가 코앞인데 낮엔 숨도 못 쉬게 더웠다. 한낮에는 마루에 죽은 듯 누워 있다가 더위가 한풀 꺾이면 집 둘레 풀을 베고 돌담을 높여 쌓았다. 조금씩 집이 집답게 변했다. 그러는 동안 유란의 손은 돌멩이에 찍히고 가시에 긁혀 성한 데가 없고 뽀얗던 살결은 검게 그을렸다.

한밤중에 어김없이 눈을 떴다. 문 밖은 칠흑이고 풀벌레소리 고고한데 보름달이 떠서 문살이 환했다. 유란은 밤이 무섭다. 새벽부터 저녁까지 몸은 부서져라 혹사해도 잠을 푹 잘 수 없다. 두어 시간 간격으로 주문에 걸린 듯 눈이 떠졌다. 억지로 잠을 청하면 여지없이 검은 손이 가슴을 짓눌렀다. 컥컥 숨이 막히고 가슴이 터질 것처럼 아프다. 숨이 딱 멎을 것 같다. 여기서 그만 멎었으면 좋겠다. 하지만 검은 손은 그녀를 극한의 공포 끄트머리까지만 몰아놓곤 약 올리듯 스르르 물러났다. 그녀 얼굴에 땀과 눈물이 뒤섞여 흘렀다.

"수한아! 내 아들, 얼마나 아팠니! 얼마나 무서웠니!"

유란은 아들 이름을 부르며 입술을 바르르 떤다. 아들이 떠난 지 3년이 돼간다. 스무 살 아들은 서울 한복판에서 길을 걷다 인파에 깔려 죽었다. 어이없는 죽음이었다. 아들의 억울한 죽음을 밝히려고 유란은 2년간 투사가 되어 싸웠다. 유가족이 분향소를 설치하고 시민단체와 연대하여 국가권력에 대항했다. 온갖 조롱과 비난도 견뎠다.

그러다 남편이 먼저 지쳤다. 둘이 함께 있다가는 둘 다 죽겠다며 그녀 어깨를 한동안 다독여주곤 어디론가 떠나버렸다. 홀로 남은 유란은 더 이상 싸울 힘을 잃었다. 살아갈 힘도 그렇다고 죽을힘조차 남지 않았다. 바람처럼 흘러 흘러 여기까지 들어왔다. 지금도 눈을 감으면 새하얀 치아를 드러내고 환히 웃으며 달려오는 아들이 보인다. 아들을 안으려 두 팔 벌리면 이내 검은 그림자가 유란의 숨통을 조였다. 죽음보다 더한 고통이 밤마다 찾아왔다.

그 집에서 유란은 무사히 겨울을 났다. 겨우내 신기하리 만큼 따뜻했다. 햇볕을 그러모으는 빛받이가 이 집 어딘가에 숨어 있나 싶게 겨울이 봄날처럼 아늑했다. 이른 봄이 되자 유란은 장에 나가 앵두나무와 자두나무와 복숭아나무를 한 그루씩 샀다. 라일락과 수국과 장미도 몇 그루 샀다. 담장을 빙 둘러 과실수를 심었다. 오른편 담장 너머로 늙은 감나무 두 그루가 섰고 반대편에 수백 년은 넘어 보이는 아름드리 서어나무가 집 그늘이 돼주었다. 툇돌 아래 화단을 만들어 꽃나무를 심고 작은 연못도 팠다.

다음 장날에는 고추와 가지와 토마토 모종을 사다 심고 상추, 들깨, 쑥갓 씨앗도 한 봉지씩 심었다. 봄비 내리고 꾸물꾸물 새싹이 올라왔다. 떡잎만 보일 때는 무슨 나무인지 구분을 못한다. 한참 자라야 알 수 있다. 기특하게도 나무 한 그루 죽지 않고 봄꽃을 피우고 싱싱한 이파리를 내놓았다.

아들이 초등학교에 다닐 때였다. 봄비 곱게 내리는 창밖을 바라보던 아들이 고개를 갸웃거리며 유란에게 물었다.

"엄마, 과학 시간에 실험을 했는데요 참 신기했어요. 식물 줄기를 빨강 물감에 담그니까 빨강꽃이 피고 노랑 물감에 담그니까 노랑꽃이 피었어요. 근데 저 꽃들은 빗물이 투명한데 어떻게 빨강 노랑으로 피어요?"

"그렇네! 신기하기도 해라. 아마도 꽃들이 빨갛고 노란 꿈을 꾸나보다. 너도 꿈을 꾸면 저 꽃처럼 알록달록 예쁘게 필 거야."

그러자 아들은 만족한 듯 하얀 치아를 드러내며 달려와 유란의 품에 안겼다.

아들의 꿈은 자라면서 수시로 바뀌었지만 스무 살 때 꿈은 여행작가였다. 원하는 대학에 들어갔고 방학에는 배낭여행을 떠날 계획이었다. 그런데 여행을 앞두고 그만….

유란은 아들 생각이 날 때면 마당에 나와 풀을 뽑고 돌담을 고쳐 쌓았다. 한밤중에 잠이 깨면 마루에 나앉아 조금씩 작아지는 달을 보며 노래를 불렀다. 유란이 심은 나무들은 그녀 정성에 무럭무럭 자랐다. 다 허물어져가던 집이 튼실해졌다. 유란 그녀도 서서히 생기를 되찾고 있었다.

"저어⋯. 사정이 좀 생겨가 집을 비아줘야겠네에."

하루는 등이 기역 자로 아주 굽어버린 집주인이 유란을 찾아왔다. 유란이 그 집에서 지낸 지 6년째 되던 무렵이었다. 너무 갑작스러워 유란은 잠시 말을 잃었다. 하지만 언젠가는 비워줄 집이었다. 유란은 체념하듯 고개를 끄덕였다.

마당가 나무들이 가장 먼저 눈에 밟혔다. 봄이면 다디단 열매를 가지가 휘어지게 매달던 앵두나무, 여름 초입에 한 알씩 따먹는 복숭아는 그녀가 먹어본 것 중 최고였다. 이제 막 열매를 맺기 시작한 자두나무도 걸렸다. 저 예쁜 화단과 텃밭은 또 어쩌냐. 달빛 고고한 밤에 유란은 마루에 앉아 깊은 생각에 잠겼다. 댓돌 아래 파놓은 작은 연못에서 개구리들 잠꼬대 가릉가릉 들려왔다.

그래, 세상에 영원한 내 것은 없어. 이 집도, 집안에 자라는 나무와 꽃들, 텃밭에 커가는 모두가 제 삶을 사는 거지. 아들 수한아, 너도 본디 내 것이 아니었어. 내가 여태 그걸 몰랐구나. 그만 너를 놓아줘야겠다. 스무 살, 네 꿈을 안고 이제는 훨훨 여행을 떠나렴.

유란이 노래처럼 웅얼거린다. 노랫가락이 달빛에 실려 앵두나무를 맴돌다가 복숭아, 자두나무를 통통 건너 높다

란 서어나무 끝으로 올라간다. 수백 년을 그 자리를 지켜
온 집 뒤쪽 서어나무가 그림자 한 가지를 내밀어 유란의
등을 가만가만 다독여준다. 발 아래 화단 어디선가 꽃향
기 한 줌 흘러나와 그녀 눈물을 닦아준다.

검붉은 사랑

입관식은 단출하고도 적막했다. 작은 몸피가 수의에 싸여 차가운 칠성판 위에 누워 있다. 자는 듯 평온한 얼굴이다.

"울 엄마 너무 추울 것 같아요."

수애가 울먹이며 말했으나 뒤로 한 발짝 물러난 장례지도사는 침묵했다.

그녀가 입관실을 나오고 장례지도사 둘이 시신을 관 속에 옮겨 뚜껑을 닫았다. 이젠 엄마를 다시 볼 수 없다는 사실을 떠올리며 수애는 오열했다. 엄마, 엄마, 소리지르다 바닥에 주저앉았다. 누군가 수애 어깨를 감싸 일으켜 세웠다. 그에게 의지해서 빈소로 돌아왔다. 빈소에 돌아와서도 수애는 영정 앞에 엎드려 한참을 흐느꼈다.

"자자, 그만 울어. 이러다 네가 쓰러지겠다." 태준이
었다.

"어떻게 알고 왔어? 서울에서?"

"당연히 와야지. 동문 밴드에 부고 떴드라."

태준이 따듯이 웃었다. 예나 지금이나 변하지 않은 부
드러운 눈웃음이 수애를 따라 웃게 했다. 수애는 손수건
으로 눈물을 닦으며 태준을 바라봤다.

"고마워. 울 엄마가 원망스럽기도 할 텐데 이렇게 와줘
서…."

"다 지나간 일이지. 그때가 언젠데."

한동네에서 자란 수애와 태준이 사귀는 걸 알고 수애
엄마가 한바탕 난리를 쳤었다. 그냥 난리가 아니었다. 두
집이 무슨 철천지원수라도 되는 것처럼 동네가 떠들썩했
다. 수애는 반반한 인물 빼면 근근이 지방 전문대 졸업해
서 호텔리어로 취업한 게 전부였다. 그에 비해 태준은 인
물 좋지, 성격 좋지, 서울 명문대 들어가 앞길이 탄탄대로
였다. 반대해도 태준이 집에서 해야 맞는 거 아니냐며 주
위에서 수군거렸다. 수애 엄마가 얼마나 지독스럽게 말렸
으면 태준이 돌연 휴학하고 군대에 가버렸다. 그 사이 수
애는 엄마가 정해준 남자와 결혼했다. 딸이 보란 듯 잘 살

기를 바랐으나 그러지 못했다. 결혼해서 아들딸 낳고 살다가 어느 날 남편이 교통사고로 일찍 죽고 말았다. 엄마는 딸의 불행이 제 탓인 것처럼 평생을 자책하며 살았다.

"너희 아버진 좀 어떠셔?" 수애가 물었다.

"갈수록 안 좋지. 점점 아들도 못 알아보셔." 태준의 말간 얼굴에 그림자가 스쳤다.

"하나 있는 아들이 결혼 안 하고 혼자 늙어가니 속상하시겠지."

"중증 치매라 그런 거 저런 거 다 모르시니 그건 참 다행이야."

"근데 넌 왜 여태 혼자 살아?"

"혼자가 편해. 너도 잘 알면서." 그 말에 수애는 피식 웃고 만다.

장례식 이틀째여도 조문객이 뜸했다. 가까이 사는 친구들은 벌써 다녀갔고 멀리 있는 애들은 조의금만 송금했다. 고향마을엔 빈집이 더 많고 거동 불편한 노인들뿐이다. 수애의 두 남매는 한 달 전 휴학하고 호주로 워킹홀리데이를 떠났다. 왕복 항공료가 부담스러워 장례식에 오지말라고 했다. 수애는 이복형제들에게 부고를 보내지 않았다. 설사 보냈다고 해도 오지 않을 그들이었다. 애초에 그들은 새로 들어온 계모를 엄마로 인정하지 않았다. 왜 그런 집 재취로 들어간 거냐고 수애는 엄마를 원망했다. 생전에 엄마는 내가 죽으면 화장해서 아무 데나 뿌려달라 유언했다. 온천지를 훨훨 날아다니고 싶다고 했다. 그런 엄마 마음이 이제는 이해가 되었다. 태준이 수애에게 바닐라라떼를 건넸다.

"고마워. 내가 예전엔 이것만 마셨었지."

"피곤할 땐 달달한 게 좋아."

수애는 태준이 곁에 있어 든든했다. 줄곧 안 보고 지냈으면서도 그가 오래된 연인처럼 느껴졌다.

"울 엄만 왜 너를 그토록 싫어했을까?"

수애가 라떼 한 모금을 넘기며 눈을 가늘게 떠 태준을 본다. 20대 뜨거웠던 둘은 어느새 50을 넘긴 중년이었다. 태준을 보면 아직도 수애는 가슴이 뛴다.

"이유 없이 내가 싫었겠어? 어머니한테 말 못 할 사정이 있으셨겠지."

"그니까 그게 뭐였냐고? 그때 생각하면 엄마가 너무 미워! 화가 나!"

수애는 가끔 그날의 악몽을 꾸곤 한다. 한 손에 그라목

손을 들고 수애 앞에서 시위하던 엄마가, 약병을 입에 가져다 대는 엄마에게 울며불며 달려들던 자신이, 엄마의 흰 옷자락을 흠뻑 적신 그 푸른색의 악마가….

"한숨 붙여둬. 내일 또 힘들 건데."

자정 넘어서자 태준이 빈소 한구석에 담요를 깔아주었다. 수애는 애벌레처럼 몸을 웅크리고 태준이 깔아준 자리에 누웠다.

화장장 화구에 들어간 엄마는 2시간여 만에 한 줌 재가 되었다. 엄마 유골을 안은 수애는 태준의 차를 타고 고향으로 향했다.

"정말로 뿌릴 거야?"

"응, 훨훨 날고 싶다니까."

"한 줌은 남겨두자."

"왜?"

"그냥."

내내 태연하던 태준이 입술을 꽉 물었다. 수애는 엄마 유골을 강물에, 들판에 뿌렸다. 고향 집에도 들렀다. 엄마가 1년 넘게 요양원에 있었기에 정리할 유품은 없었다. 집 마당에 들어섰을 때 검붉은 융단이 담장을 따라 펼쳐

졌다. 맨드라미꽃이 한창이었다.

"엄만 언제 또 저걸 심었을까? 요양병원 가기 전에 심은 걸까?"

그때 태준이 엄마의 남은 유골을 맨드라미꽃 주변에 뿌렸다.

"뭐해?"

"어머니가 좋아하신 꽃이잖아."

"어떻게 알아? 울 엄마가 말해줬어?"

"꼭 말을 해줘야 알아? 우리집에도 이 꽃 많아. 아버지도 좋아하셨거든."

태준은 유골가루 묻은 손으로 맨드라미꽃을 어루만졌다. 수애는 태준의 그런 모습이 낯설어 마루에 걸터앉아 물끄러미 바라봤다. 태준이 검붉은 꽃들에게 조그맣게 속삭인다.

'이제 아무 걱정하지 마세요. 저 아이는 제가 돌볼게요. 못다 이룬 두 분의 사랑 그곳에서 이루세요. 아버지도 곧 따라가실 거예요.'

이진숙 짧은소설집
외로움엔 타이레놀

지은이_ 이진숙
펴낸이_ 조현석
펴낸곳_ 북인
디자인_ 푸른영토

1판 1쇄_ 2024년 11월 22일

출판등록번호_ 313 - 2004 - 000111
주소_ 서울 마포구 동교로19길 21, 501호
전화_ 02 - 323 - 7767
팩스_ 02 - 323 - 7845

ISBN 979-11-6512-101-3   03810
ⓒ이진숙, 2024

**이 책은 경남문화예술진흥원의 문화예술지원을 보조받아
발간되었습니다.**